潔白

目次

序章

二〇〇二年十二月四日。

この日、札幌は明け方からみぞれ混じりの風が吹き荒れ、気温は急に下がって二度を切った。

乳白色に塗装された、間口半間《はんげん》ほどの居房の列が、目の前に延びている。以前の陰鬱な灰色に比べれば、病棟と見紛うような明るさだが、房扉の脇の三本の鉄格子が、否応なく、ここが監獄であることを告げている。

午前八時半。井上博刑務官は、一般房が並んだ東棟を抜けて、ひとり死刑囚舎房に向かった。荒天のせいか廊下は静まり返って、ゴムの靴底がキュッキュッと鳴る。

嫌な音だ。

井上は顔をしかめた。

思わず、ため息が漏れる……。

札幌拘置所監房第四区事務室の電話が鳴ったのは、三日前の夕刻、五時過ぎのことだった。

「主任、部長からです。至急、処遇部門に上がって来いと」

四区担当の若い看守が言った。

井上は定時の巡回を終え、事務室の長椅子で茶を啜《すす》り始めたところだった。

この時間の、直々の呼び出し。

何だってんだ？

無言で軽く頷くと、すぐに湯呑みを置いて立ち上がった。

札幌拘置所は一昨年の年末に新舎房が竣工したばかりで、真新しいポリウレタンの通路が白々と光っている。

妙に胸がざわつく。

俺の勘は当たる。悪い時だけだが。

処遇部長室はむっとするほどスチームが利いていた。

首席矯正処遇官、警備課長、総務課長らが顔を揃え、皆、着席することもなく、部長席の前に憂鬱そうな面持ちで突っ立っている。

「とうとう来たよ」

処遇部長が腰を上げ、重々しく口を開いた。

さっと緊張が走った。

このメンバー、この雰囲気。

悪い予感は的中した。処遇部長の言葉は、刑務官にとって最も忌まわしい任務を告げている。

「誰です？」

低く訊いた。

「三村だ。三村孝雄」

札幌拘置所には、いま、三人の死刑囚がいる。

「えっ、なぜ三村が？」

咄嗟《とっさ》に問いが口をついた。

三村孝雄に死刑の最高裁判決が出たのは、二〇〇〇年の秋。まだ二年しか経っていない。通常、判決から執行までは十年以上の期間がある。それに、三村は無実を主張し、熱心に再審請求の準備を進めている。再審請求者の処刑は見送られるのが慣例だ。

三村孝雄の顔がちらつく。

今年五十二歳になるはずだ。短く刈った胡麻塩頭。生え際がやや後退した広い額。その下の黒々とした両眼。

部長が無言で、首を左右に振った。

死刑の執行は法務省の本省が決める。人選がどうなされたか、拘置所側が知る術《すべ》はない。

ゴーッと、地の底から吹き上がるような風音がして、通路の網入りガラスの窓をみぞれが叩く。

井上は、死刑囚舎房の入り口で、一旦、立ち止まった。

一般房との間に特別な仕切りがあるわけではない。ただスチールの小机とプラスチックの椅子が置かれているだけだ。

すでに準備は整い、刑場には札幌高検の検事らも到着している。

死神。

検事のことを刑務官たちはそう呼ぶ。

嫌悪感が込み上げる。

検事たちは三村を起訴し、死刑を求刑し、執行の上申書を書いた。きょうの処刑で彼らの職務は完了する。だが、直接手を汚すのは奴らじゃない。俺たちだ。

刑場には他に、所長ら拘置所幹部と医務官、僧侶、そして教誨師《きょうかいし》らが待機している。

深々と息を吸い込んでから、足音を忍ばせて死刑囚舎房を進んだ。

この時間の看守の靴音に、死刑囚たちは敏感だ。執行が午前九時頃ということを、知っているのだ。

息を詰めて、監視窓から三村孝雄の居房を覗いた。

三村は文机《ふづくえ》の前で分厚い書物を読んでいる。

胸の鼓動が高まって、緊張で内臓が絞り上げられるようだ。

三村が目を上げた。その顔に恐怖はない。自分の番はまだ来ないと、信じ込んでいるのだろう。

静かに声をかけた。口中で唾が粘る。

「出房だ」

濃い眉が、幾分不審そうに寄った。

「どこへ？」

「健康診断。血圧を測りに事務棟へ行く」

我ながら嫌なウソだ。これから死にに行く奴に。

鍵をシリンダーに差し込もうとするが、指が慄《ふる》えてうまくいかない。気取《けど》られぬよう顔を伏せ、指を左手で押さえてようやく差した。

三村が腰をかがめるようにして出て来た。

三村と並んで、手のひらで軽く背を押すようにして歩いた。

手に体温が伝わってくる。

前面には心臓がある。三十分も経たぬうちに止まるであろう心臓が。

刑場は、以前は五〇〇メートルほど離れた札幌刑務所の中にあったが、新舎房完成後に密かに拘置所内に移されている。

囚人たちは刑場の移設を知らず、三村も平然と歩いている。

胸の内で祈った。

いいぞ、このまま進め。死を知るのは直前でいい。それが、誰のためにも一番いい……。

抵抗に備えて、通路の要所には警備課の刑務官たちが待機しているが、可能な限り粛然と運ぶのが、俺の仕事だ。

手を三村の背中から離した。手のひらが異様に汗ばんできたからだ。

刑場に続く渡り廊下に入った。

窓がひとつもない、白く塗り込められた壁。

三村の顔にわずかに不審の翳《かげ》が浮いた。

どっと背中に汗が噴き出す。三村は敏感な男だ。

「さあ」

顎をしゃくって促した。

声が掠れた。靴の中まで汗で滑る。

数歩進んで、奥に黒色の鉄扉が見えた時、三村の足がつと止まった。

はっとした顔をこっちに向ける。

「まさか……」

呟きが聞こえた。

いかん……。

三村が腰を低く構えた。顔面がみるみる蒼白になっていく。

「なに？　何なんだっ！」

よじれた声で、身を翻そうとする。

「三村！」

一喝して三村の肩を押さえた。

「何なんだッ！　なんだッ、これはッ！」

三村が俺の腕を振り払った。その瞬間、廊下の角から八人の刑務官が飛び出して来た。

三村が両腕を振り回す。

「やめろ、三村ッ！」

「何するんだ！　べ、弁護士、先生を呼べ、呼んでくれーッ！」

「制圧！」

腹の底から号令を発した。刑務官たちが一斉に躍りかかった。何とか四肢を押さえつけ、三村の上に二重三重に覆い被さる。

「連行！　連行！」

もがく三村を胴上げのように担ぎ上げ、刑務官らと通路を走った。

ちくしょう、こうなれば、あとは一気にいくしかない。

黒色の鉄扉が開き、団子状態で刑場になだれ込んだ。

三村を床に組み伏せ、両脚を縛り、後ろ手に手錠をかける。

処遇部長が、青いカーテンを引き千切るように開けた。

奥には八畳ほどの艶やかな板の間が広がる。天井から白いロープがぶら下がり、真下に赤枠で囲まれた刑壇がある。その中央が踏板だ。

引き立てられるように、三村の躰《からだ》が起こされた。

「先生！」

三村が首をいっぱいに伸ばした。

「立川先生！」

視線の先を振り返った。教誨師の立川神父が、固くロザリオを握りしめている。

立川夏了《なつのり》は、カトリック札幌教区から派遣された若い神父で、刑が確定してから二年間、毎月欠かさず、拘置所内で三村と面談を重ねてきた。

「立川先生！　何とかしてくれっ！　立川先生！」

三村の両眼からどっと涙が噴き出した。

「あああ――」

突然、神父の口から嗚咽《おえつ》のような呻《うめ》きが上がった。

神父の腰が動いた瞬間、腕を摑み、押さえつけるようにその肩を抱き込んだ。

なんだ、こいつ！

舌打ちした途端、立川が処刑に立ち会うのは、今日が初めてだと気づいた。未経験者には、さすがに刺激が強過ぎる。

三村の躰が両脇を吊られるように刑壇に運ばれた。

顔が白い布で覆われる。

素早くロープが首にかかった。

正装した首席処遇官の白手袋が上がった。

刑務官たちが、赤枠から飛びのいた。

三村孝雄の最期の叫びが、尾を引いて反響した。

白手袋が振られた。

ガタ――ンッ！

轟音とともに、足下の板が外れ、三村の躰が吸い込まれるように下部に消えた。

ガラッという滑車の音が一瞬で止まり、ロープがビーンッと伸び切って、前後左右に激しく揺れた。

ギリギリと何かが軋《きし》む音だけが、刑場を支配した。

やがて、ぽっかり空いた赤枠の穴から、水が滴る音がした。

三村が失禁したのだろう。

嘔吐感が喉もとを這い上がる。

読経が、やけに朗々と始まった。

このまま、十分、絶命を待つ。

終わった……。

井上は、大きく息を吐いた。

気がつけば、右手の甲に四つの爪痕が残され、血が滲んでいる。

寒気がした。

今夜の酒は、不味《まず》そうだ……。

午前九時二十七分、三村孝雄死亡。
逮捕されてから十二年弱、一貫して無実を訴え続けたが、声は断たれた。

第一章　爆弾

十五年後――。

東の空が淡い紫色に染まっている。

午前五時。

初夏といっても、明け方の冷気は鋭い。女は、手編みのショールを巻いて外へ出た。目前の、小樽港第二埠頭を囲む海水は、まだ黒々と夜の色だ。

昨夜、ロシア人の客と呑んだウオッカが残っていて、こめかみがかすかに疼《うず》く。手には、強化段ボールで作られた大きめのティッシュ箱くらいの籠をぶら提げている。

気が重い。

三日に一度の、この早朝の苦行のせいだ。店はひとりで切り盛りしているから、どんなに嫌でも自分でやらざるを得ないのだ。

ミュールの踵を引き摺りながら、埠頭の先端近くまで歩く。

海に下りる細い階段を、錆びた手すりを伝って慎重に下った。コケでぬるぬるして、ひどく滑りやすい。下三段ほど残した所でしゃがみ込んだ。黒い海面がわずかに波打ち、潮の匂いが鼻をつく。

女は、網目に結わいた紐を伸ばして、籠を静かに水面に下ろした。籠には重りが付いている。中の二匹の鼠が、運命を察したのか、キューキューと啼《な》いて暴れ出す。

目を閉じ、思い切って籠を海中に沈めた。

早朝の、誰も知らない密かな処刑。

鼠は、近くの穀物倉庫から流れてくるらしい。店に出没されると、酔ったロシア人が面白がって箒《ほうき》で追い回したりする。かといって、殺鼠剤は躰に悪い。以前、籠を港湾の清掃所に持ち込んだら、清掃員に「殺してから持って来い」と怖い顔で言われた。

握った紐を通して伝わってくる、ビクビクという、生の振動。

ちらりと目を開けると、水面にプクプクと気泡が浮いている。

ゾッとして、すぐ目を閉じた。

振動がようやく止んだ。鼠たちは昇天したらしい。腕時計に目を落とす。念のため、もう十分、待つのだ。

六月は札幌のベストシーズンだ。

中心部を東西に走る大通公園は、色とりどりの薔薇で埋まり、ライラック並木の新緑の葉むらが、陽射しを弾いて銀色に輝いている。

大通公園の西端に、高々とそびえる、茶色のビルがある。「札幌第三合同庁舎」という、役人たちの巣窟だ。入管や公取委、防衛局も入っているが、それらはみんな下層階に押し込められ、公園を見下ろす上層階は、あたかも市中を睥睨《へいげい》するかのように、検察庁が独占している。

検事には二つの顔がある。捜査を指揮し、法廷で弁護士と対峙する法律家の顔。もうひとつは、法務省の主要ポストを独占し、法務行政全般を仕切る官僚の顔だ。

異なる二つの相貌で、検事たちはこの国の法治を牛耳る。

磨き上げられた銀色の扉が閉まった。モーターが低く唸ってエレベーターが降下を始める。

高瀬洋平は、扉の幾何学模様を目でなぞりながら、深々とため息をついた。

酷い目に遭った……。

高瀬は札幌地検公判部の検事である。

地検は「札幌第三合同庁舎」の十二階にあり、二階上の最上階には、上級庁である札幌高検が入っている。

ただれるような胃の痛みがまだ抜けない。

瞼《まぶた》に、冷酷な男たちの顔が甦る。

面罵、叱責、詰問、恫喝《どうかつ》、揶揄《やゆ》、冷笑……。

控訴審議はまるで拷問だ。ようやく解放されたが、この胸クソ悪さは当分続く。

一昨日、高瀬はミソを掴んだ。工場経営者を殴殺した二十一歳の工員を殺人で起訴したものの、裁判官は殺意を認めず、判決は傷害致死だった。格下の罪で裁かれてしまうこうしたケースを〝認定落ち〟という。

で、控訴すべきかどうか、地検と高検が協議することになるのだが、控訴審議の実態は、メンツを潰された検察幹部が、怒りを爆発させる場だ。

「なんでこんな立証したんだ！」と怒鳴り上げられ、「なぜ、こう立証しなかったのかね？」と、ネチネチやられる。

有罪率九九・九パーセント。

検察は、自分たちの主張が丸呑みされなかった判決を「問題判決」と呼び、猛烈に嫌う。

公判部の高瀬にしてみれば、そもそも無理な起訴をした刑事部の検事を責めてもらいたいところだが、高検のお偉いたちに抗弁などできるはずもない。

専ら捜査畑を歩んできた高瀬は、公判部の仕事がどうにも苦手だ。自分で捜査していない事件についてもっともらしく法廷で言い張る、なんだか人の靴で歩いているような気がしてならないのだ。

向いてねえんだよな。

つい弱音が口をつく。

もちろん、検事にそんな甘えは許されない。まして札幌に赴任してわずか半年のヒラ検事、しかも前歴のある傷モノだ。

高瀬はもう一度、深々と息をついた。


「検事……」

地検の自席に戻ってネクタイを弛めた途端、検察事務官の落合行夫の声がした。

「はん?」

さすがに声が尖った。きょうはもう、うんざりだ。

落合も人の好さげな丸顔を、重病人を見るようにしかめている。

落合は高瀬より三つ年下の三十九歳。頭頂部が丸く禿げ、ぽっこり突き出たビール腹。この事務官を見る度に、高瀬も自分の年齢を否応なく意識する。

「検事正がお呼びです」

落合の眉が、気の毒そうに八の字に寄った。


大通公園が一望できる大きな窓から、初夏の陽光が差し込んでいる。広々とした検事正室は、窓辺にどっしりしたデスクがあって、その右に長い会議用テーブル、左隅に白布のカバーが掛かった、いささか古めかしい応接セットが配置されている。

検事正の黒川英夫と次席検事の西尾信介が、すでに応接セットに着席していた。

嫌な予感がヒタヒタと満ちて来る。

地検のトップとナンバー2が顔を揃えるのは、よほどの用件だ。

「ご苦労さん」

黒川がきれいに櫛の入った頭を傾げた。手振りで正面のソファーを勧める。愛想はいいが、眼は冷たい。五十七歳で札幌地検の検事正というのは、超高速のスピード出世、高検検事長のポストを窺う大物だ。麻雀はプロ級、将棋はアマ六段というから、根っから頭が良いのだろう。政治家との繋がりも噂される生臭い男で、細面の温顔の裏に、強烈な上昇志向を隠した野心家だ。

傍らの西尾次席は対照的に、エラの張ったいかつい顔だ。躰つきまで真四角で、ドブ鼠色の背広を無造作に引っ掛けている。東京地検の特捜部に長くいた、捜査一筋の鬼検事。机の下から被疑者を蹴る、耳元で怒鳴り上げる、壁に向かって長時間立たせる、なんてことは朝飯前、特別公務員暴行陵虐《りょうぎゃく》罪の常習者だったらしいが、捜査第一主義の検察にあっては、この手の暴漢もまたエリートなのだ。

「この記事、なんだがね」

黒川が目でテーブルに広げられた新聞を指した。

《三村事件、再審請求へ》

東日新聞の朝刊で、日付を見ると昨日だ。控訴審議の準備に追われて、ろくに新聞も読んでいない。

三村事件……。

目を細めて記憶を掘り起こした。

高瀬が札幌に赴任したのはつい半年前だから、道内の事件は詳しくないが、確か三十年近く前に、小樽で母娘が殺された事件だ。犯人は逮捕され、すでに死刑が執行されたはずだが……。

この記事がどうしたというのか？

不可解な気持ちで、検事正の顔を見た。

気難しげに唇を歪めている。

再審請求はままあって、裁判所はまず間違いなく棄却するから、検察庁は本気では取り合わない。再審が「開かずの扉」と言われる所以《ゆえん》だ。まして、死刑執行済みの事件の再審なんか前例がない。

「例によって、弁護士たちの売名――」

と言いかけた途端、

「だといいんだが」

次席検事の西尾が、野太い声で遮った。

もう一束の新聞をがさりと広げる。

今朝の朝刊。東日の続報だ。

《三村事件に重要目撃者　司法は再審をためらうな》

弁護士へのインタビュー記事だ。主任弁護人だろう、禿頭《とくとう》の初老の男の写真が載っている。

「森田逸郎。札幌の弁護士会では重鎮の部類に入る。冤罪を多く手がけた、その筋じゃあ名の知れた男だ。俺も特捜にいた頃から知っている」

だから？　高瀬は眉を寄せた。

弁護士が誰であろうが、三十年も前の目撃談など、信用性がまるでない。そんな微弱な材料で、開かずの扉が開くものか。

「弁護側には、爆弾があるらしい」

黒川検事正が苦々しい表情で口を挟んだ。

「爆弾？」

もっと強力な材料ということだろう。チンケな目撃談じゃない、開かずの扉をこじ開けるほどの新証拠。

「ブンヤ連中だけじゃない、東京の日弁連、ウチの本庁にまで〝爆弾〟が伝わっている」

と、西尾が引き継いだ。

「噂の出所は？」

「弁護側だろう」

自作自演か……。

「爆弾の中身は？」

「わからん」

黒川が腕を組んだ。

弁護士が再審を申し立てると、裁判所は「再審請求審」を開いて、再審を開始すべきかどうかを審理する。再審開始の決定は、原判決を否定し裁判をやり直すことだから、事実上の無罪を意味する。ゆえに、元の判決が妥当だったかどうかの実質的な判断は、この「請求審」で決まることになる。

大半の再審請求は、ここで門前払いされるのだが、弁護側が持ち出した〝新証拠〟が強力ならば話は別だ。

「三村事件には――」

黒川が視線を宙に投げ、それから噛むように言った。「ＭＣＴ１１８が絡んでいる」

エムシーティーいちいちはち。

その音が、ゆっくりと高瀬の鼓膜を突き抜けた。

確かそれは……。

「例の、足利のヤツだ」

西尾が吐き捨てるように言った。

足利事件。

そうだ！

記憶が甦り、アドレナリンがどっと出た。

黒川と西尾の顔に交互に視線を走らせた。彼らが神経質になる理由が、ようやくわかった。

足利事件とは、一九九〇年に栃木県足利市で起きた幼女殺害事件だ。

事件発生の翌年、警察庁直轄の科警研（科学警察研究所）は、被害者の衣服に付いていた犯人の精液を、独自に開発したDNAの鑑定法「MCT118《エムシーティーいちいちはち》」を使って鑑定、DNA型が、当時幼稚園のバスの運転手をしていた男と一致すると断定した。これが有罪の決め手になった。

男は無期懲役が確定した後も無罪を主張、十九年後の二〇〇九年、DNAの再鑑定が実施された。

犯人の精液の付いた幼女のTシャツを二つに裁断して、二人の法医学者が別々に持ち帰り、最新の技術で再鑑定した。その結果は、いずれも、犯人のDNA型と受刑者の男のDNA型は「不一致」。

MCT118の信頼性が、崩壊した瞬間だった。

高瀬自身は、MCT118が絡む事件に関わったことはなく、詳しいことは知らないが、〝欠陥鑑定〟という噂は耳にしている。三村事件の判決の決め手が、この鑑定結果だとすると、ことはきわめて厄介だ。

「再審請求審を担当してもらう」

黒川が冷たい視線を高瀬にすえた。

すぐに西尾の胴間声がかぶさってきた。

「本来なら小樽支部にやらせる事案だが、ここは敢えて、エースである君にお願いする。まず、爆弾の中身を探れ」

喉が詰まった。探れったってどうやって？

「次に、関係者全員に箝口令《かんこうれい》を敷け。これ以上マスコミに騒がれてはかなわん」

薄《うっす》らと血が引いていく気がした。

三村事件の請求審が始まれば、マスコミはMCT118の絡みで、〝冤罪死刑〟と煽り立てるだろう。

〈欠陥鑑定をもとに、無実の人間を殺したのではないか？〉

そこに強力な新証拠が加われば、世論は沸騰し、裁判所も再審開始に踏み切りかねない。となれば、地獄だ。司法の権威は惨めなまでに失墜し、責任は、警察、検察、最高裁、法務省に及ぶ。刑事訴訟法が抜本的に改正され、検察官の持つ強大な権限は、根こそぎ剝奪されるだろう。

「記者クラブの連中には、本件の立証は完璧だと言っておいた。まあ、三村事件の場合、足利と違って再鑑定はできん。だから再審などまずあり得んのだが――」黒川検事正がわずかに頰を弛め、すぐにキュッと冷徹な顔に戻った。

「万全は期さねばなるまい」

「はい」

「話は以上だ。いま抱えている案件は別の奴にやらせる。当分、これに専念だ。爆弾の調査結果は、直接俺に報告。公判部長も了解済みだ」

西尾次席が有無を言わせぬ口調で言って、面談に幕を引いた。


検事正の部屋を出ると、高瀬洋平は本日三度目の深いため息をついた。

えらいことになった。

爆弾。

MCT118。

とんでもない荷物を背負わされた。

な〜にが「エースの君に」だ。とんだ泥かぶりだ。

黒川検事正は、「三村事件の場合、足利と違って再鑑定はできん」と言っていた。

どういうことだ？

愚痴を言っても始まらない。ともかく、まずは三村事件の記録を精査し、ポイントを頭に叩き込むことだ。

自席に戻ると、高瀬は事務官の落合に、三村事件の記録の目録を取り寄せるよう頼んだ。最高裁まで行った事件だ。記録は膨大、おそらく段ボール箱二十個くらいにはなるだろう。肝になる資料から読み込んでいくしかない。

落合は慌てて部屋を出ていった。

高瀬は机に頬杖をついた。

再審か……。

再審には大きな壁が立ちはだかる。検察はもちろん、裁判所も忌み嫌う。そもそも三審制に反するからだ。

確定した判決こそが真実。それが司法の世界の掟なのだ。そこにむやみに難癖をつける行為は正義に反する。黒川や西尾にもその思いがあるはずだ。

再審がどのような場合に開始されるかについては、最高裁が示した基準がある。

――新証拠が見つかり、**「公判で出た証拠（旧証拠）と新証拠を合わせて評価していれば、公判では無罪になっただろう」**と裁判所が判断した場合に限られる――。

要は、原判決をひっくり返すような強力な証拠がない限り、再審はしませんよ、というわけだ。

まして、三村事件のような死刑執行事件の再審となると、グウの音も出ないほどの新証拠がなければ、書面審査で門前払いだ。

高瀬は立ち上がり、部屋の隅の新聞棚から今朝の東日新聞を引っ張り出した。

主任弁護人がインタビュー記事で明らかにした「重要目撃者」とは、元タクシー運転手の老人だ。事件当日の午後十一時過ぎ、母娘が殺された現場付近から走り出て来た若い男を轢《ひ》きそうになったが、男はものも言わずに走り去ったという。

事実なら、犯行現場に三村以外の男がいたことを示唆する内容だが、なにしろ三十年近く前の、しかも現在七十五歳の老人の記憶だ。

三村事件の弁護士は、刑事弁護のベテランらしい。こんな大昔の目撃談で、開かずの扉が開くとは考えていないだろう。

目撃談は〝前座〟。〝真打〟の爆弾は、これをはるかに超えるものに違いない。

一体、何だ……。

事件記録の目録から高瀬が選び出したのは、公判記録と尋問調書の一部だ。それだけでも、厚さ三〇センチの束が三つもある。

上着を脱ぎ、ワイシャツの袖をまくった。

検事は、資料を読むのが生業《なりわい》の書類人間だ。若い頃は書類の山に立ちすくんだものだが、検事生活十七年にもなれば、この量なら二日もあれば読みこなす。

起訴状、冒頭陳述の順で、高瀬は読み進めた。

三村事件は二十八年前の一九八九年七月二十日に発生した。

現場は小樽市花園四丁目にあるスナック「美鈴」。

被害者は、スナック経営者の野村鈴子（三十三歳）と小学生の娘・優子（八歳）の二人。死因は両名とも絞殺だ。鈴子の左腕の肘部には刃物で斬られた浅い金瘡《きんそう》もあった。

「美鈴」は一階がスナック、二階部分が被害者の住居になっていて、翌二十一日の正午過ぎ、集金に訪れた酒店主が一階のスナック店内で二人の死体を発見した。

凶器はタオルのような幅広の布状のもので、死後十二時間から十六時間経過していたことから、犯行時刻は前日二十日の午後八時頃から深夜零時の間と推定された。

事件発生から一年八カ月後の一九九一年三月十五日、同市内で工務店を営む三村孝雄（四十一歳）を殺人容疑で逮捕。

捜査本部が三村の犯行と断定した理由は、次のようなものだ。

①当日は店の休業日で、殺害現場には、犯人が外から侵入した形跡も物色された跡もなく、

顔見知りの犯行とみられる。
②近所の住人が、犯行当日の午後七時過ぎ、三村の自家用車（八五年式のトヨタのランドクルーザー）が、スナック前の路上に駐まっていたのを目撃している。
③被害者の野村鈴子の膣前庭及び膣内からは精液が検出されており、鈴子は殺害された当日、性交したとみられる。
④鈴子は事件当日の午後一時から三時頃まで、娘を連れて近所のプールで泳いでおり、精液は、その後に付着したと考えられる。
⑤精液をＤＮＡ鑑定したところ、三村の型と一致した。
⑥スナック店内の灰皿に残された吸殻の唾液の血液型はA型で、三村の血液型と一致、現場に残された足跡も二六センチで、三村の足形と一致する。
⑦さらに後日、犯行当日の午後十一時過ぎにも、三村の車がスナック「美鈴」脇の小路に駐まっているのを見たという、新たな目撃者が現れた。前出の目撃証言と合わせると、三村の車は、午後七時から午後十一時過ぎにわたって「美鈴」付近に駐まっていたことになる。
⑧半年前に三村の工務店がスナック「美鈴」の改築を請け負い、その代金の支払いを巡って、三村と被害者の間にトラブルがあった。

⑨三村と鈴子は、十五年ほど前、鈴子が薄野《すすきの》で働いていた頃に肉体関係があったが、三村は当初その事実を否定し、後になって認めた……。

捜査本部の見立ては、三村孝雄と被害者の野村鈴子は、肉体関係にあり、事件当日も三村がスナックを訪問、二人は「美鈴」内で性交した。しかしその後、店の改築費用の支払い等を巡って口論となり、三村は鈴子を絞殺、犯行の発覚を恐れて、小学生の娘、優子をも殺害した――。

これに対して三村は、一貫して犯行を否定した。

・事件当日の午後七時頃、スナック「美鈴」を訪問したのは事実だが、十分程度店内で雑談して帰った。その後、「美鈴」を再訪してはいない。
・店の改築費用の支払いが滞り、被害者に再三請求していたことは事実で、当日の訪問も催促のためであったが、口論などにはなっていない。
・被害者の野村鈴子と十五年前に肉体関係があったことは事実だが、交際はごく短期間でその後関係は解消、事件当日に性交した事実はない。

高瀬は読み終えて、ほっと胸を撫で下ろした。

事件記録を読む限り、三村の嫌疑はかなり濃い。決定的な証拠はないものの、足利事件のように、被疑者の自白とＭＣＴ１１８の鑑定結果だけが頼りというような、お粗末な立証構造ではない。これならもし自分が担当検事でも起訴したのではないか。

高瀬は次に判決文に移った。

一審で死刑判決、控訴審もそれを支持、二〇〇〇年に最高裁が上告を棄却して判決が確定、二年後の二〇〇二年に死刑執行。

執行が最高裁判決から二年と、異様に早いのは気になる。何か事情があったのか……。

ポイントは、判決がＭＣＴ１１８の鑑定結果にどの程度寄りかかっているかだ。

「三村事件の場合、足利と違って再鑑定はできん」

さっき黒川検事正が言ったことの意味はわかった。

科警研がＤＮＡ鑑定する過程で、被害者の膣から採られた精液試料を、全部使い切ってしまったのだ。つまり、三村事件のＭＣＴ１１８鑑定が正しかったのか、誤っていたのかは、永久にわからない。

これは検察にとって防御壁ともなるし、弱点ともなる。

再鑑定で誤りが露呈する恐れがない代わりに、判決がＤＮＡ鑑定に非常な重きを置いていれば、弁護側は、欠陥鑑定に依存した判決と言い立てるだろう。

判決は、

《被告人と犯行との結びつきを証明する直接証拠は存在せず、情況証拠によって証明することのできる個々の情況事実は、そのどれを検討してみても、単独では被告人を犯人と断定することはできない》としながらも、

《現場付近で被告人の自家用車が長時間駐車していたとの目撃証言がある》ことや

《被害者の体内から採取された精液のＤＮＡが被告人と一致し、被告人が事件当日、被害者と性交し、長時間スナック内に滞在したことが推認される》ことなどから、

《諸情況を総合すれば、本件において被告人が犯人であることについては、合理的な疑いを超えて認定することができる》

と述べている。

判決は、ＭＣＴ１１８のＤＮＡ鑑定に重きを置いているものの、他の情況証拠もあり、それだけに依存しているとまでは言えない。それが高瀬の結論だった。

ぎりぎりセーフ、といったところか。

よっしゃ……。

高瀬はひと唸りして書類から顔を上げた。

壁にかかった時計に目をやれば、午前二時だ。

空腹を感じて、部屋の冷蔵庫から缶ビールを取り出した。

検事たちが外の飲食店で呑むことはあまりない。特に二〇〇二年に捜査費用での検事の飲食が取沙汰された「裏金問題」以降、めっきり減った。

その代わり、いまはどの検事の部屋の冷蔵庫にも大量のビールが放り込まれ、夕方になると誰かの部屋で酒盛りが始まる。

高瀬は、すきっ腹に冷えたビールを流し込んだ。

目を閉じて眉根をつまむと、どっと疲労が押し寄せて来た。


翌朝、高瀬は落合事務官を伴って、北海道警察本部に向かった。

快晴で、真っ青な空に一筋の飛行機雲がかかっている。東京と違って高層ビルが多くないから、札幌の空は広い。乾いた空気は澄みきって、大通公園のライラックの新緑が、一葉一葉冴え冴えと見える。

北海道警は地検から徒歩七分ほど。道庁と道議会の隣に、地上十八階地下三階の白亜の威容で屹立している。

エレベーターで六階に上がり、寺内捜査一課長と面談する。「三村事件の請求審に備えて、当時の捜査員から参考聴取したい」というのが表向きの要請だ。

もちろん、本音は違う。

爆弾は何なのか、中身を突き止めることだ。

まず考えられるのが、捜査情報の漏洩だ。

警察がすべての捜査情報を検察に報告するとは限らない。特に容疑者に有利な情報は伏せたがる。それを弁護側がほじくり返した可能性は十分ある。最近、弁護士と接触を持った元捜査員がいないか、まず、彼らを当たれ、それが西尾次席の指示だった。

当時の捜査員の大半は、すでに定年を迎えている。引退した警察官から聴取するのは意外と面倒で、通常は道警本部の幹部が同席する。それでは捜査員たちは本音を隠す。道警の立ち会い抜きで聴取させろと懇請した。

寺内課長は渋ったが、押し問答の末、黒川検事正の名前を出すと、ようやく折れた。

「検事さん――」

寺内が丸太のような腕を組んだ。柔道の猛者らしく、カリフラワー耳というのか、左右の耳朶《みみたぶ》が潰れている。

「例の爆弾、ウチから漏れたとお考えでしたら、違いますよ」

道警も検察が自分たちを疑っていることは察している。

「ハハ。じゃあ、どこから？　現にタクシー運転手の――」

高瀬は言いかけて苦笑した。

寺内の眼にチカリと怒気が浮いた。〝ウチ〟の中には引退者も含まれる。定年しても警察一家。警察は身内意識の塊だ。

「アレもウチからじゃない。三村の娘だ。娘が小樽中を訊き回って、自力で運ちゃんを捜し出した」

「娘？」

確かに、三村には娘がいた。処刑された死刑囚の娘。

「三村ひかり。三十五歳。ずっと川崎の方にいたが、いつの間にか舞い戻った。目的はオヤジの冤罪晴らし。小樽で水商売やりながら、調べ回っとった」

三村の妻はすでに死亡しているから、再審請求の際には、その娘が申立人となる。

「娘は、いまも水商売？」

「ああ。小樽港の船員相手のカウンターバーだ。高瀬さんも、一回覗いてみたらどうです？　ふふ、意外といい女って話だ」

道警は、すでに娘の身辺調査を始めているらしい。

「証拠探しは、娘がひとりで？」

「いや、弁護士事務所の調査員とつるんでいる。他には東日新聞の江藤巧《えとうたくみ》。報道部の編集委員だ」

江藤……。確か、主任弁護人のインタビュー記事にそいつの署名があった。

ベテランの調査員や新聞記者なら、元捜査員たちの住所《ヤサ》は割る。三村の娘と調査員らは、いまも彼らの家を回って、さらなる証拠漁りを続けているに違いない。

元捜査員たちへの口止めを急がねばならない。

寺内とはその後、東日新聞への圧力に関しても合意した。再審煽りの見せしめだ。当面、道警と司法の両記者クラブで、特オチさせる。特オチは一社だけに情報を教えない嫌がらせで、結果、全紙に載る記事を東日だけが落とす。特オチが三発も続けば、横並び意識の強い日本のメディアは音を上げる。

道警本部を出たのは十一時半過ぎだった。早めの昼食に向かうのか、ビル街の道路にサラリーマンとOLたちが湧き出ている。

「捜査ミスを聞き出すんだ」

地検に向かって歩きながら、落合事務官に捜査員聴取のポイントを伝えた。尋問に立ち会う事務官には問題意識を共有してもらう。それが高瀬の方針だ。

「捜査の粗探しをすると？」

落合が呆れた顔をした。

「そう。請求審で弁護側は、必ず当時の捜査ミスを突いてくる。事前に把握して穴をふさぐ。それに――」

高瀬は足を止めて、落合を振り返った。

「ひょっとして爆弾というのは、新しい事実じゃなくて、捜査ミスそのものかもしれない。証拠の隠蔽や捏造《ねつぞう》、ウソの証言……。捜査の違法性が立証できれば、それも再審開始の理由になる」

「なるほど」

「それと――」

高瀬は再び歩き出した。「三村の娘について調べてくれ。経歴、人間関係……」

「はい」

父親の冤罪晴らしに執念を燃やす、三十五歳の女。

小樽の街中を、二十八年前の目撃者を求めて走り回ったという。

脳裏を、見たこともない女の影がよぎった気がした。

※

三村事件の当時の捜査員たちへの聴取は、札幌郊外にある道警の研修センターで始まった。

当時、道警は六十人の捜査員を投入、大規模な捜査態勢を敷いた。

聴取するのは当時の捜査幹部たちで、大半がすでに七十代だ。引退してすっかり好々爺《こうこうや》になった者もいれば、依然眼光鋭く、刑事のアクが抜け切らない者もいる。

最初の面談者は、捜査の指揮に当たった班長、宇崎秀夫だ。

逮捕術の師範だったという宇崎は、短軀《たんく》ながらがっしりした体格だ。浅黒い、ひき蛙を思わせる容貌でとつとつと語る。が、記憶は驚くほど鮮明だった。


〈宇崎秀夫・元警視の話〉


三村孝雄は鬼畜に劣る極悪人。間違いないです。冤罪？　バカ言っちゃいけない。

事件発生の日のことは、よく覚えています。まるで昨日のことのようにね。ふふ、検事さん、刑事《デカ》にはね、一生忘れられないヤマっていうのがあるんですよ。

一報が入ったのは正午過ぎで、食いかけの弁当を慌てて畳んで急行しました。

ちょうど別の事件の聞き込みで銭函《ぜにばこ》の先にいたんで、そこから国道5号線を突っ走った。日本海沿いにうねる道を、赤灯を貼りつけた覆面パトで、わんわんサイレン鳴らしてね。

インパネの警察無線からは、ブザーと、昂奮する司令の声が鳴りっぱなしだった。

〈本部より各局、各移動。小樽市母子受傷事案については、現場で二名《ふためい》の死亡を確認、本件を殺人事件に切り替える。現場は本部捜査員が到着するまで保存。各警戒員にあっては、現場周辺での職質の徹底を……〉

子供も死んだ……。

車内の空気が重くなった。これで一気にデカいヤマになった。

朝里にさしかかった辺りで霧が出て、速度を落とした。サイレンってやつは、低速になると耳の中で籠もるみたいに反響しやがる。気ばかり焦って、助手席のアシストグリップを握る俺の手は汗ばんでいた。

「あと十五分ほどです」

ハンドルを握る若い刑事が、再びスピードを上げながら言った。

「心中って線も捨てきれんべ……」

違うと思いつつ、俺は言った。

スナック「美鈴」は、花園銀座の盛り場からかなりはずれた、うら淋しい場所にありました。小樽署の鑑識がすでに来ていて、店に入ろうとすると「ちょっと待て」と言いやがる。「玄関で足跡《ゲソ》採ってる」と。彼らに手袋借りて中に入った。

店内は窓が閉め切られて、薄暗かった。シンと静まり返ってました。一見したところ、もの盗りの形跡はなかった。いきなり、まっ白な太腿が目に飛び込んで来た。ママが、店の奥で仰向けに倒れていた。赤いミニスカートから両脚が伸びて、ピンクのパンティがのぞいていたな。

「子供は？」

と、巡査に訊いた。

「こっちです」

強張った顔で手招きする。

ソファーの裏に、小さな遺体があった。まだ小学校の低学年くらいだなあ、おかっぱ頭の女の子だ。猫みたいに背中を丸めて転がっていた。

こんな子供を……。

怒りが猛烈に突き上げた。

本部から続々と応援部隊が駆けつけて、「美鈴」の周囲は瞬く間に警察車両で埋まっていった。

それから二人の遺体を所轄に運んで、署の裏で検視しました。店は家具がゴタゴタ並んで、手狭だったからね。

自転車置場にシートを張って、女の子の裸の躰をそっと寝かせた。

絞殺だから顔はパンパンに膨れ上がって、紫色に鬱血していた。死後だいぶ経っていたから、においも始めてもいたな。

酷《むご》かったさ。

陽が落ちかけて、夏なのにひどく冷たい風が吹いた。子供の肌をさすってやりたかったが、検視が済むまで触れない。可哀相だったべ。当時、俺にも同じくらいの娘がいて、なおさらね……。死体を見慣れた捜査員も、みんな俯いて、目頭を赤らめている奴もいた。

解剖の結果、女の子は頸骨が折れていた。

犯人は、あの細い首をタオルで絞め、さらにその上から骨が砕けるまで力を込めた。人間のすることじゃあない。

三村孝雄は早い段階で浮上しました。

奴の車が店の前で目撃されていたからね。

俺は三村の身辺を徹底的に洗い始めた。

するとね、出るわ出るわ。臭い材料がどんどん出て来た。

マル害のスナックママは、昔、薄野で働いていて、その頃三村と懇《ねんご》ろだった。さらに、店の改修の支払いを巡るトラブルも浮かんできた。

当時三村には、殺された優子ちゃんと同じくらいの女の子がいてな。奴は娘を可愛がっていた。それでよくもまあ、他人様《ひとさま》の子供を殺《や》れたもんだ。憎しみが湧いたですよ、沸々とね。

おっしゃる通り、それから逮捕まで一年半以上かかりました。

決め手がなかったからね。

吸殻や指紋だけじゃ足りねえ。三村の車の目撃情報も、「午後七時頃、店の前に駐まっているのを見た」ってだけだ。これじゃあ、七時頃店に行ってすぐ帰ったっていう三村の供述を覆せない。

捜査の唯一の突破口は、ママさんの膣から検出された精液だった。

血液型はA型。三村と同じだが、断定するには血液型だけでは不十分だ。

で、翌年の末、ようやくDNA鑑定することが決まった。いまでこそDNA鑑定なんて当たり前ですがね、当時はまだ導入された直後で、費用も法外だった。だから時間がかかったんです。

鑑識課員が東京の科警研に持ち込んで、MCT118で鑑定した。

結果はご存じの通りだ。

その二週間後には、三村のランクルが、午後十一時過ぎに「美鈴」の脇に駐まっていたという目撃者も出て来た。

これで完全に決まったな。

ええ、再審の話は聞いてますよ。死刑になってもう十五年。いまさら何だっていうのかね。

爆弾? さあ、知らねえな。どうせ、サヨクどもの悪あがきだ。

検事さん、俺らは、ありとあらゆる捜査を尽くした。警察官として納得のいく捜査をした。

犯人は三村孝雄。年端もいかない少女を殺した鬼ですよ——。


宇崎の「サヨク」云々《うんぬん》に、高瀬はつい苦笑した。お上に楯突く連中はみんな左翼、警察がそんな教育をしてきた時代の遺物で、宇崎はその頃に育った昔気質《かたぎ》のデカなのだ。

宇崎に続いて面談した他の捜査幹部たちも、カッと目を剝いて言い切った。

「捜査には一点の瑕疵《かし》もない。百パーセント三村がホシです」

しかし、所轄の小樽署から捜査本部に加わった、元警部補、小野木典夫の供述は、ややニュアンスが異なった。


〈小野木典夫・元警部補の話〉

はい、東日の記事は読みました。例の目撃者の話、元タクシーの運転手の、あれには呆れたですよ。重要目撃者なんて言ってるけど、別に新しい話じゃない。当時オレらが捜査で潰したネタです。新聞にも流した。タクシー運転手ってことは伏せたけどね。納戸の奥から引っ張り出してきた骨董品みたいな話ですよ。

三村は初めから、一貫して本線でした。でも、実はこの目撃の線もね、一時は有力だった。別班立てて、七人も投入して、オレもそこに入って、懸命に追ったですよ。

目撃者のタクシー運転手、横山健一っていうんですが、実はね検事さん、横山は、オレと相棒が引っ張って来たんですよ。地どりで、タクシーの営業所を回って。

その横山が言うには、事件当日、入船町で客を降ろして、公園通りを流し、午後十一時過ぎ、ちょうどスナック「美鈴」の前に来た。その時、目の前にサッと光が差した。直後に人が転がるように飛び出して来た。泡食って急ブレーキ踏んだが、こりゃ撥《は》ねたかもなと思った。車降りて、「大丈夫か」って声かけたら、男がよろよろ立ち上がった。びっくりしたのはそれからで、男はものも言わず、凄い勢いで北の方角へ走り去った。髪がちょっと長い、若い感じの男だった。顔はよく覚えていない。

これが証言の中身です。

その後、横山を連れて現場で実況見分しました。

奴が見た光っていうのは、「美鈴」の裏口が開くと、屋内の灯りが漏れて、強い光じゃないけれども、暗い車道からはちょっと眩しく見える。

こりゃあ、証言は本物だってことになって、男が走り去った辺りを一軒一軒、虱潰《しらみ》しに当たった。

難航しましたよ。怪しい奴が浮かんでは消え、消えては浮かび、その度に捜索範囲を少しずつ広げて。オレは半年ぐらい、この捜査に専従しました。

で、そのうちに、アレが出たんですよ。

例の鑑定、MCT118。

帳場（捜査本部）の上の方は、これを決定打と見たんですな。

正直、オレはまだ横山証言の男に未練があったから、意見は言ったんですよ。けれどアレが出て以降、課長も班長も一切耳を貸さなくなった。

それはね、検事さん、無理もないんですよ。

MCT118は、いまでこそミソがついてますが、当時はそれはもう絶対だった。絶対的な権威だった。完璧な精度で、科警研の優秀な先生が、凄い技術でやるんだと。疑う者なんて、ひとりもいなかった。

それにね、当時はね、現場は辛かったんだ。

上から「どうなってんだッ！」ってやいのやいの言われてさ。道警の本部だけじゃない。東京の警察庁からもお偉方が続々と来た。捜査一課長も来たし、刑事局長も来た。

まったく、本庁の連中っていうのはねえ……。

オレら毎晩会議室に呼ばれてさあ、連中は机バンバン叩いて怒鳴りまくるんだ。「警視庁は宮崎勤《みやざきつとむ》を挙げたぞ。お前ら何やってんだッ！」ってね。

そんな状況だったから、MCT118の導入は、そりゃもう、まさに天の助けだった。

本庁もそれまでは「足で稼げ」だの「草の根分けろ」だのって、精神論ばっかだったのに、DNAをヤルと決めたら、「科学捜査だ」って言いやがる。多分、本庁は試したかったんだよ。新兵器の威力をさ。で、本格導入したかったんでしょ。

まあ、そんなこんなで、鑑定結果は三村と出た。

それまで三村は、当日、ママとは性交してないと供述してましたから、鑑定でこれがウソだと証明されたわけです。そうなると当然、奴が言ってることは、全部ウソ、となる。当日は十分くらいで帰ったっていうのもウソ、口論になってないっていうのもウソ……。

爆弾？　いやあ、思いつくようなものはないですね……。

三村の娘？

いや訪ねて来たことはないです。

東日の記者と会ったこと？　ないです。

オレが疑われているんですか？

冗談じゃない！　オレは奴らに何も喋っちゃいませんよ――。


小野木典夫を見送った後、高瀬は机の前で腕を組んだ。

不安が、胸中で小さく風音をたてた。

〝前座〟と見くびっていたが、タクシー運転手の目撃証言は、思った以上に強力だった。身内のことだから小野木ははっきり言わなかったが、おそらく、捜査本部は割れていたのだ。タクシー運転手・横山健一の証言を重視した小野木たちと、三村が本ボシとにらんだ宇崎たちとに。

しかし、DNA鑑定の結果が出た後、小野木たちの意見は一顧だにされなくなった。

宇崎たち捜査幹部が、三村一辺倒になった理由には、上層部の猛烈な圧力を受け、解決を焦ったことがあるだろう。どこの誰だかわからない逃げ去った男より、公判が維持できる、証拠のある容疑者に傾くのは、捜査の常だ。MCT118の本格導入を急ぎたい警察庁の意向も忖度《そんたく》していたかもしれない。

横山運転手の証言は、以後闇に埋もれ、公判でも一切出て来ない。

そういう仕組みだからだ。

刑事部の検事が起訴すると、事件は公判部の検事に引き継がれる。公判検事は、捜査で集められた膨大な資料の中から、立証に必要なものとそうでないものを選別する。そして必要なものだけを証拠として法廷に提出し、残りは「残記録」としてロッカーに封印する。つまり、検察の描くストーリーに都合の良い証拠だけが法廷に出され、被告人にとって有利な証拠は人知れず眠り続けることになる。

横山の証言も、公判検事が「残記録」として封印したのだ。

横山証言は、弁護側がちらつかせる〝爆弾〟ではない。だが、再審請求審が始まれば、弁護側は間違いなく、「残記録」の中にある証言調書の開示を求め、横山の証人喚問を申請してくるだろう。

翌日、高瀬洋平は朝一の日航機で東京に向かった。八時発の早朝便だから、席はスーツ姿のビジネスマンで埋まっている。

東京に行くのは、ＭＣＴ１１８鑑定を行った元科警研の技官、生井響子と、その助手だった田中義一に会うためだ。

ＭＣＴ１１８が、やはり請求審の最大の焦点だ。

弁護側は、必ず、この二人の証人喚問を要求し、精液の鑑定が誤りだった可能性を追及してくる。二人に会って、事前に証言内容をすり合わせておかねばならない。

「本件について言えば、MCT118鑑定は完璧に実施され、結果は間違っていない」

自信たっぷりにそう証言させるのだ。

精液の試料はなく、どうせ再鑑定はできない。「鑑定は正しかった」という線で突っ張り通す。


三鷹市の瀟洒《しょうしゃ》な住宅街の一画に、生井響子は居を構えていた。

きれいに剪定《せんてい》された庭木の間で、鹿威《ししおど》しがカンと鳴る。

玄関口に現れた響子は、栗色に染めた髪に紅縁の眼鏡、濃いオレンジ色のカーディガンを羽織っている。中肉中背だが、女性にしては骨太な方だ。

二年前に退官し、今年六十六歳になる。声は低く、落ち着いた物腰で、科警研に長く勤め、最後には室長にまで昇進した自信とプライドを感じさせた。


〈生井響子・元科警研主任研究員の話〉

ご存じの通り、警察庁の外局である科警研（科学警察研究所）は、鑑定などの捜査実務の他に、科学捜査の技術開発を進めています。捜査機関というより、むしろ研究開発機関という側面が強い。そこが各県警に付属して、捜査実務のみに従事する科捜研（科学捜査研究所）とは違います。

ＭＣＴ118も、科警研のスタッフがアメリカに渡って研究し、独自に開発したものです。当時としては、それはもう画期的な、世界的にも注目された鑑定技術でした。私はいまでも科警研が生み出したＭＣＴ118を誇りに思っています。

残念なのは、足利事件によって、ＭＣＴ118が大変な誤解を受けていることです。欠陥鑑定だとか、冤罪製造鑑定だとか……。

申し上げたいのは、科警研はこれまでに一度たりとも、足利事件の鑑定を「誤り」と認めたことはない、ということです。そして私自身も、誤鑑定ではなかったと確信しています。

では、なぜ真犯人の精液のＤＮＡ型が、無関係の男性と一致するという、誤った結論が出てしまったのか。

それは単純に精度の問題なのです。

科警研の見解は、「千人に数人というような同じＤＮＡ型の集合体の中では、真犯人と誤認逮捕された男性の型は一致していた。今回精度が上がった最新の鑑定で細部を調べてみて、初めて真犯人とその男性が分離できた」というものです。

わかりやすく言えば、ビールという集合まではMCT118は正しく突き止めていた。けれど、精度が劣るために、キリンビールなのかアサヒビールなのかまでは特定できなかった、ということです。

つまり、MCT118の精度の中では、正しい結論を得ていたのです。

ですから私は、足利事件の鑑定を担当した同僚の技官を責める気にはなれません。

あの事件以来、一部の無理解な人々が、MCT118のすべての鑑定結果が誤りであるかのように言いふらし、挙句、科警研の鑑定は杜撰《ずさん》だとか、技量が未熟だとか、声高に非難しています。

正直、憤りを感じます。

世間の人たちには、私たちが日々、どんな気持ちで鑑定書を書いているか、知ってほしいと思います。私たちの鑑定が、捜査の行方を左右し、関係者の運命をも狂わせてしまう。そう思うと、それこそ寿命が縮む思いで鑑定を行っているのです。

ええ、もちろんです。もちろん私は、三村事件の鑑定結果には絶対の自信を持っています。鑑定は厳密に正確に行いました。

三村は以前から被害者の女性と肉体関係がありました。その三村を差し置いて、当日被害者が別の男と性交し、しかもその人物のDNA型が、三村と同じ集合だったという確率は、それこそ何万分の一です。この確率でダメだというのなら、そもそも科学捜査は成立しません。

はい、精液の試料を使い切ったことですね？

当然ながら、可能であれば残した方がよかった。

アメリカでは確かに、再鑑定が可能なように試料を残しておくことが前提になっています。「科学的実験結果を犯罪の証拠とする以上、試料を保存して、誰がやっても同じ結果が出ることが証明できなければならない」そんなご意見も拝聴しました。

しかし、まず結果を出すことが肝心なのではないでしょうか？

慎重の上にも慎重を期し、確実な結果が得られるまで何度でも実験を繰り返す、それは当然のことではないでしょうか。

そのために、試料を全量消費してしまうことになったとしても、やむを得ないと思います。

逆に、試料を残すために十分な鑑定を行わないというのでは、本末転倒ではありませんか？

あの鑑定の実験ノートやメモなどは、退職する時、すべて廃棄しました。すでに正式な鑑定書を提出していますから。鑑定書がすべてですから。

はい、要請があれば、請求審に証人として出向くのはやぶさかではありません。私の知り得たことを正直にお話しします。

三村が真犯人だったかどうかは、私が言うべきことではありません。しかし、私が実施した鑑定によれば、当日被害者と性交した人物が三村である可能性は、限りなく高い。はっきりそう証言します――。

生井響子との面談を終えると、高瀬はＪＲで横浜に向かった。響子の助手だった田中義一と会うためだ。

響子の話を聞いて、正直ホッとした。

昨日の、小野木元警部補の話が不安を抱かせるものだっただけに、一層心強く感じられる。

生井響子は請求審で、ＭＣＴ１１８の鑑定結果がすべて誤りとは言えないと、堂々と主張してくれるだろう。

響子の技官としての長いキャリア、冷静な語り口、自信に満ちた態度には説得力がある。科学については所詮素人に過ぎない弁護士たちは浮ついた印象を与えるだろう。

新宿駅に着いた時、携帯に落合事務官からメールが入った。田中義一が、面談の場所を変えたいと言ってきたという。田中の勤める横浜の大学の研究室で行うはずだったが、仕事が早く終わったので、食事をしながらにしたいそうだ。

指定してきた場所は野毛の居酒屋。こちらから依頼した面談とはいえ、検事と会うのに呑み屋を指定するとは、変な奴だと思った。しかもまだ陽も高い。

横浜は、高瀬が札幌に来る前の任地で、野毛界隈は休日に何度かぶらついた。わずか半年前とはいえ、飲食店がガチャガチャと建て込んだ風景は懐かしい。

指定された居酒屋の暖簾をくぐると、競馬の実況中継の音声が耳に飛び込んできた。そう言えば、この近くに馬券売り場がある。

閑散とした店内で、田中はすでに焼酎を呷《あお》っていた。テーブルには、四つ割りにした生のカブに味噌を添えた皿が置かれている。

型の崩れたチェック柄のジャケットに、ヨレッとした白いシャツ。細面の青い顔には無精ひげが浮いている。締まりのない外見もだが、どことなく投げやりで、それでいて人を小馬鹿にしたような口調が癇《かん》に障る。

落合事務官の調べでは、田中は五十八歳。生井響子が科警研で順調に昇進したのに対し、三十代半ばで辞めた田中は、その後、地方の大学の研究室を転々とした。いま勤めている横浜工科大学というのも、聞いたことがない学校だし、この歳で准教授だから教授になる目もないのだろう。

どこの組織にもいる、不遇を恨み、拗ねてしまった中年男。

しかし、彼の話は衝撃だった。


〈田中義一・元科警研研究員の話〉


ＭＣＴ１１８に世界が注目？　フフフ、そりゃおかしい。生井女史、相変わらずだねえ……。検事さん、低い声で話すキャリアウーマンを信じちゃいけませんよ。大抵、腹に一モツ隠してる。

じゃあ、訊きますが、日本以外でアレを導入した国があったんですか？　ないですよ。

測定が難しく基準も曖昧、最後は技官の目視に頼るような鑑定をどこの国が採用しますか。へっ？　足利事件、ビールという集合までは正しく突き止めたが、キリンかアサヒかまではわからなかったって？　アハハ、これまた大笑いだ。

そんな屁理屈が、無関係な人間を犯人に仕立て上げたことの言い訳になると思っているのか。普通の人が聞いたら怒りますよ。

第一、科警研のあの見解は大嘘なんですよ。オ、オ、ウ、ソ。

真犯人と冤罪だった男性のＤＮＡ型は、そもそも同じビールの集合じゃありません。

俺も専門分野だから、足利については調べた。

足利の再鑑定に使われた鑑定法はSTR法という、まったく別の最新技術です。これで冤罪が証明された。そしたら直後に、科警研は例の見解を持ち出して、当時のMCT118も誤りではなかったと言い出した。

DNAの研究者は、皆、うんざりでしたよ。

じゃあ、同じMCT118で再鑑定してみましょうってわけで、東都大学の本間教授が試した。弱点とされる技官の目視に頼る部分にコンピューターを導入して精度を上げてね。

結果はね、アハハ、無残だった。犯人のDNA型の集合をビールだとすると、冤罪男性のDNA型は、リンゴジュースとか牛乳とか、まったく別の集合だった。つまり、途中までは正しかった、という科警研の見解は嘘っぱち。当時のMCT118鑑定は、初めから終わりまで、徹頭徹尾、完膚なきまでに間違っていた、これが真相です。

本間教授は、裁判所から足利の再鑑定を依頼された二人の法医学者のうちのひとりです。彼はこのMCT118の再鑑定結果も鑑定書に書き込んだ。

そしたら、検察がムキになって証拠採用に反対した。

なぜか？

フフ、検事さんならわかりますよね？

そう、MCT118がハチャメチャな欠陥鑑定と〝公認〟されれば、コレを使ったいままでの事件が全部見直し、裁判のやり直しだ。中でも三村事件、この死刑判決がヤバくなる。結局、裁判所も本間先生の鑑定書を採用しなかった。科警研、検察、裁判所がグルになって、MCT118を守った。

なんだい、検事さん。急に黙りこくっちまって。もっと呑んで下さいよ。こっからが本番の三村事件だ。女将さん、こっちに焼酎お代わり。面倒だから、ジョッキで三杯、まとめて持って来て。

生井響子が、寿命が縮む思いで鑑定していたなんざ、まったくよく言うよって話ですよ。単科の薬科大出で、医師免許はおろか修士号さえ持っていない彼女が、なんであそこまで出世できたと思います？

実力？……ふん、ならいいがねえ……。

理由はね、警察の言うことを聞くからですよ。

捜査本部がこんな鑑定結果が欲しいとほのめかすと、阿吽《あうん》の呼吸でそういう鑑定書を書く。捜査に苦しんでいる刑事たちにとっては女神様だ。「生井技官は頼りになる」ってわけだ。科警研は所詮、警察の下部組織です。警察の覚えの目出度《めでた》い者が出世する、まあ、当然っちゃあ、当然だ。

俺は、あくまで研究者として科警研に在籍した。だから下請けみたいな狎《な》れ合いはしない。まっ、刑事《デカ》さんたちからは嫌われたがね。いやいや、あそこを辞めたのはそれが原因ってわけじゃない。他にもいろいろあったさ。いろいろね。

三村事件で、俺は初めて生井響子の助手を務めた。

問題の精液は、解剖医が被害者の膣前庭、膣、子宮口の三カ所から採取した。膣内容物が沁みた親指大のコットンを三つ、北海道警の鑑識課員が持ち込んで来た。DNA鑑定は2ミリ×2ミリの試料があれば可能だから、十分過ぎる量だった。

MCT118は、簡単に言うと、特殊な溶液の中でDNAを泳がせる。小さいDNAは遠くまで行くが、大きいのは重いから遠くまで行かない。この距離によってDNA型を識別する。二つのDNAを泳がせて、距離が同じなら同一のDNA型ということになる。

ところが、何度やっても一定の実験結果が出ない。DNAが泳ぐったって、スイスイ動くわけじゃない。ナメクジの百倍くらい遅い速度で、十時間ほどかけてゆっくり動く。当時は鑑定機器もそんなにないから二系統でやって、溶液の白黒の映像を、ジリジリしながら目を皿にして睨み続けた。三日徹夜で十回もやったが、その度にデータが違う。一致とも不一致ともつかない状況が続いて、疲れ果てちまった。

生井響子は俺に、仮眠を取るように言った。

半日して戻ると、響子が、「データが取れた、一致よ」と言う。あれだけやってダメだったのが、急にどうしたのかと思ったさ。俺もやってみようと思ったら、試料のコットンがなくなっている。「全部使い切った」と響子は言った。

ハハ、おかしな話でしょ。

響子の奴、何度やっても合わないから、合わせちまったんですよ。で、その後、誰も鑑定できないように残りのコットンを燃やした。そうとしか考えられない。だから実験ノートを誰にも見せなかった。普通、研究者は、実験ノートは公表するもんだ。しないのは疾《やま》しいことがある時ですよ。

検事さん、なんか、顔色悪いよ。

実はね、MCT118の鑑定が難航するのは、あれに限らず毎度のことでね。導入当初から、現場では、誤差が出過ぎて不安定って声が渦巻いていた。にもかかわらず、警察庁は〝絶対神話〟を振り撒いて使い続けた。警察庁が渋々、他の鑑定法と併用するように指導したのは、導入から実に四年後だ。その間にいくつの事件が鑑定されたと思います？　少なくとも百四十件ですよ、百四十件。それらは見直しもなく、いまも放置されてる。巨大なタブーってわけだよ、MCT118は……。

はあ？　三村の娘？

会ってないね。弁護士事務所の調査員って男には、一度会いましたけどね。しつこく訪ねて来たからね。

名前？　忘れましたよ。名刺なら研究室にあるかもしれんが。

いまの話をそいつにしたかって？　しましたよ。ざっとだがね。

へへ、大丈夫ですよ。完全にオフレコで、録音もさせなかったし。

ええ、俺は呼ばれても、裁判所なんか行きませんよ。関係ないからね。正直、警察やあんた方に関わるのは、もううんざりだ。それに、DNAの学界は狭くてね。こんなこと表立って言ったら、爪はじきにされちまう。ハハ、もう半分、されてるけどね——。


高瀬は、羽田発午後六時三十分の便で札幌に帰った。

気分は鉛を呑み込んだように重かった。

生井響子と田中義一の顔が交互によぎる。

「結果はね、アハハ、無残だった。当時のMCT118鑑定は、初めから終わりまで、徹頭徹尾、完膚なきまでに間違っていた、これが真相です」

田中の言葉が頭の中で渦を巻く。

MCT118は、そこまでデタラメだったのか。

生井響子が精液の鑑定結果を偽造し、その隠蔽のために残りの試料を廃棄したという話も耳を疑うものだった。

もちろんこれは、田中の推測に過ぎない。響子の成功を僻《ひが》んだ田中の作り話という可能性も十分ある。従順な警察職員の響子と、研究者としてのプライドが高く、警察の下請け体質に批判的だった田中とは、ソリが合わなかっただろう。だが、万が一田中の供述が事実で、弁護側によって立証されれば、証拠の捏造ということになり、再審開始の理由になる。

幸い田中は、請求審で証言する意思はないと言っている。これは本音だろう。あるならいまの時点で自分に話したりはしない。

だが、田中が危険な存在であることに変わりはない。もっと念入りに口止めする必要がある。

空港を出て、札幌行き電車の地下ホームに着いた時、携帯が鳴った。

着信画面を見ると、公判部長の但馬忠則だ。

グヘッと、思わず頬が歪んだ。

但馬は、嫌味な上に超の字がつく変人で、地検の中では浮きに浮いた存在だ。なんでこんな男が札幌地検の公判部長なのか、わけがわからないが、検事正や次席には米つきバッタのようにヘコヘコするから、おおかた検察上層部の誰かに取り入っているのだろう。

検事正の黒川や次席検事の西尾は、この公判部長をまったく信用しておらず、三村事件を押しつけられた時、但馬がいなかったのもそれゆえだ。

「はい」

ぶっきらぼうに電話に出ると、

「ご苦労様。薄野で軽く呑みませんか？　慰労ですよ、慰労」

笑いを含んだ声がした。

冗談じゃない。疲れていると断ったが、「大事な話がある」と言い張って頑童のように引かない。この幼児性も但馬の特徴だ。


かすかに香を焚き込めた匂いがする。唐草模様の大皿に、ピカピカ光る鯵《アジ》、平目、ウニや帆立がふんだんに盛られている。高瀬の好みのニシンの刺身もある。札幌で初めて食べたが、独特の歯応えと脂の甘さに病みつきになった。来たことがない割烹だが、内装も落ち着いている。これで但馬がいなけりゃ最高だ。

「いやいや、ホントにご苦労さん」

黒光りする馬面で笑い、但馬がビール瓶を持ち上げた。

高瀬はブスッとしてコップを差し出す。

最奥のテーブル席に二人。官舎で着替えたのか、但馬はご自慢のイタリアンブランドのスーツだ。インナーはTシャツで、ズボンの裾を膝下まで捲り上げ、素足に革靴。高いスーツをこうして着るのがファッショナブルとかで、芸能人じゃあるまいし、そんな恰好をしている検事は、日本中でこいつだけだ。

検事の俸給は高い。但馬の年齢とポストなら、年収は二〇〇〇万円近い。中央省庁の課長クラスの年収が一二五〇万円前後というから、公務員の中では破格の厚遇、高級スーツも買えるはずだ。

「あややッ」

唐突に、但馬が女のような声を上げた。「ちぇっ、灰皿なんか！」

見ればテーブルに小さな陶製の灰皿がある。

「ほれほれ！」

但馬は気障な手つきで片手を挙げて、着物姿の女店員を呼んだ。

「きょうび、食べ物屋に灰皿なんか置くもんじゃありませんよ！」

高飛車に言い捨てて、びっくり顔の店員に投げつけるように灰皿を渡す。

ああ、始まった……。

高瀬はげんなりした。これが但馬の習性なのだ。

今度は背後で、女たちの甲高い笑声が上がった。

「ちぇっ」

但馬がまた舌打ちして立ち上がり、つかつかと女性客四人のテーブル席に歩み寄る。

「ご婦人方、申し訳ありませんがね、他のお客さんもいらっしゃることですし。お高い声はほどほどに」

慇懃《いんぎん》無礼な口調で言う。

「はっ？」

見上げた女性客の表情が、みるみるうちに嫌悪に変わる。

但馬はさっそうと引き揚げて来た。

やはり会食は頑として断るべきだったと、高瀬は心底後悔した。豪華な料理も一気に色あせ、酢でも呑まされた気分だ。但馬は行く先々でこういうことを繰り返し、いまや地検で一緒に呑みに行く者はひとりもいない。気の毒に、女性客のテーブルはお通夜のように静まってしまった。

「で、東京はどんな具合でした？　科警研のお二人さんは？」

但馬が何ごともなかったかのように、仕事の話を切り出した。

「いやいや……」

答える気にもならず、高瀬は曖昧に首を振った。

「報告ですよ、報告。出張報告ッ」

ニヤニヤしながらも高圧的な声音を含んで但馬が迫る。

仕方がない。直属の上司を蚊帳の外に置くわけにもいかんだろう。高瀬は不承不承、元科警研の二人の話をした。

「うーん……。田中はいけませんな……」

但馬が腕を組んで大きく背を反らした。顔から笑いが消えている。

「口止め策が要りますよ」

「……餌ですな」

但馬が考える目つきで頷き、「教授の口だな」と、ポツリと言った。

「教授？」

「ああ、奴は不遇です。不遇な奴ほどポストを望む。喉から手が出るほど教授の椅子が欲しいでしょう」

コイツ、自分のことを言っているのかと高瀬は思った。但馬はすでに五十九歳。検事正の黒川より二つも上だ。

「わっかりました。そっちは私がやる。高瀬君、こういう時こそ上司をうまく使うもんだよ。

明日、東京と話してみましょう。東京を動かせば、なんとかなる」

上役風を吹かした上に、検察本庁とのコネをちらつかせる。

にしても、大学の教授職など、そうそう簡単に見つかるものなのか？

「なんとかなりますかねえ……」

「なるさ。三村事件の再審は、検察庁が総がかりで潰すマターです。東京も多少の骨折りは厭わんでしょう」

検察の力を以《もっ》てすれば、教授の椅子も右から左ということか。

「まあ、塞ぐべき大穴は、私が対処するとして――」但馬が安堵の顔になった。「この分じゃ、爆弾もたいしたことはなさそうだ。あとの小穴は、有能な高瀬検事がせっせと埋めてくれるでしょう」

俺は小穴塞ぎかよ……。

ムッとすると、但馬が歯茎を見せてニタリと笑った。

「まあ、あなたは不満でしょうがね、実はね、三村の請求審を、是非、高瀬君に、と言ってきたのは、西尾ですよ」

「次席が？」

但馬は、陰では黒川や西尾を呼び捨てる。

「そう。かつての有能な捜査検事を復活させてやりたいという親心。いつまでも公判部でウロウロしていては、検事としての将来がない。だから私も二つ返事で了承したんですよ」

難儀を押しつけた言い訳が、いつの間にか恩着せに変わっている。

「あなただって、そろそろ捜査に戻りたいでしょう？」

「いや、俺は——」

「この再審請求は——」但馬が遮って続けた。「負けるはずがない戦いです。死刑執行事案の再審なんて、我われ以上に、裁判所が認めない。しかも検察全体が注目している。無難にこなせば、過去の汚名がそそげます。そうなれば来年、東京か大阪の特捜部にあなたを出してあげられる。私も次席も、そう考えているわけですよ」

たっぷり貸しを作って、次は何させようってんだ、そう思った直後だった。突然、耳の奥で、かすかに悲鳴のような声が響いた。

また、あの声だ。

高瀬は痛むように頰を歪めた。

あの時の声……。

悲鳴がどんどん高くなる。

「きょうはそれを伝えたくてね。さあ、仕事の話はこれぐらいで——」

　但馬がまた気障な手つきで手を叩き、「お銚子！」と叫んだ。

　酔いで視界が歪む。

　ネオンの光が渦を巻き、毒々しい光彩が幻覚のように流れ出す。

　足下がふらついて、高瀬は路地の電柱に寄りかかった。

　但馬と別れて、さらにひとりで二軒ほど呑み歩いた。浴びるように呷った。生井響子や田中義一のことも、もう完全に意識の外で、耳朶《じだ》に響くのは、あの声だ。

　呑んで呑んで、酒の力で拭い去ろうとすればするほど、あの声は大きくなる。

「パパアアー！　いやああ――ッ。いやあああ――ッ」

　五年前、夫を失った妻の悲鳴が、凍てつく空気を切り裂いた。

　警察署の遺体安置所の片隅で、高瀬は声もなく立ち尽くした。

　当時、名古屋地検の特捜部にいた高瀬は、東京地検特捜部の捜査に応援検事として参加した。

　事件は、鉄鋼会社の工場跡地の売却に絡んだ国会議員の汚職で、検察の標的は大臣経験もある野党の大物代議士だった。

「キミの評判は聞いてるよ」

特捜部長はにこやかに高瀬を迎えた。

検事なら誰もが憧れる東京地検特捜部長。直々に声をかけられて、高瀬は張り切った。

四人いる代議士秘書のひとりを受け持った。

「割れ！　なんとしても割れ！」

主任検事から猛烈な発破《はっぱ》がかかった。

「割れ！（自白させろ）」

「立てろ！（起訴しろ）」

捜査検事の世界はこの二語に尽きる。

物証が豊富で、自白なしで起訴できる事件であっても、検事たちは被疑者を怒鳴りつけ、なんとしても自白調書を取ろうとする。多くの検事が、〝割る〟ことが被疑者の更生の第一歩だと信じており、〝割れる〟検事が有能とみなされる。そして、〝割った〟からには、たとえ証拠が完全でなくとも、果敢に〝立てる〟。

検事正の黒川も、次席の西尾も、但馬でさえも、「割り」「立てる」ことで這い上がって来たのだ。

まして特捜部の独自捜査のような、検察のメンツがかかった大事件では、検事たちは自白を求めて、餓狼のように被疑者に襲いかかる。

高瀬が担当した男性秘書は、事務所の会計責任者で、割れば本丸である代議士の立件に直結した。

高瀬は連日、実直そうな四十代前半の秘書を責めた。供述のわずかな綻びを突き、机を叩き、怒鳴り、執拗に誘導を試みた。

初めは剛直に供述を拒み、時に冷笑を浮かべてはぐらかしていた秘書が、そのうち、まったく口をきかなくなった。表情も乏しく能面のようだった。高瀬は苛立ち、さらに執拗に追及した。

「もう、勘弁して下さい」

ついに秘書の男は、青黒く垢じみた顔でそう呟いた。この変化を高瀬は〝落ちる前兆〟と見、さらに嵩《かさ》にかかって責め上げた。

「勘弁して下さい」「許して下さい……」

秘書は、虚ろな目で、うわ言のように繰り返した。

「話せば楽になる」

高瀬は手を弛めなかった。

次の日、秘書の男は首を吊って自殺した。妻と三人の子供を残して……。

結局、会計責任者の死で、代議士の立件は見送られた。

捜査を潰した検事。

高瀬は汚名を背負った。

失意は大きく、加えて、ひとりの男を死に追いやったという自責の念にも苦しめられた。

「弱い奴だったんだ。それだけのことだ」

上司や同僚は慰めてくれた。

「気に病んでいては検事は務まらんぞ！」という叱咤も受けた。

運が悪かったのだ。高瀬自身もそう考えようとした。

翌年、事件の主任検事と当時の特捜部長が目立たぬ形で左遷された。それとともに、庁内に噂が回った。「事件はでっち上げ」。

先輩検事によれば、特捜幹部は、贈賄側の鉄鋼会社の役員を、横領の別件で逮捕し、叩きに叩いて代議士への金銭工作を自供させた。ところがその後、役員が、政治家にカネを渡したという供述は、検事に誘導されたでっち上げと主張した。検事から「贈賄も横領も執行猶予がつくようにしてやる」と持ちかけられたという。役員は有力弁護士を介して最高検幹部に会い、公表すると息巻いた。

「まあ、左遷は、エリート役員の思わぬ反乱に、最高検が手を打ったってことだな」

先輩は小気味良さそうに笑ったが、高瀬は蒼白になった。

つまりは、贈賄の事実そのものがなかった……。

野党の大物政治家に狙いをつけた特捜幹部が、贈収賄のシナリオを描いて、鉄鋼会社役員の微罪を利用したのだ。

ガラガラと足下が崩れていく気がした。

あの秘書はシロ。

雪崩が爆発するように、猛烈な勢いで悔恨の念が襲ってきた。それでもなお、高瀬は目を背けようとした。噂は噂、真偽は不明……。

だが、押し込もうとすればするほど、痛みは時に背骨を軋ませるほどの強さで高瀬自身を締め上げた。

何の咎もない人間を、俺は殺した……。

「パパアアー！　いやああ――ッ。いやあああ――ッ」

あの夜の秘書の妻の悲鳴が、いまも割れるように鼓膜を叩き、頭蓋の中で木霊《こだま》する。

戻りたかねえ。

特捜なんか、戻りたかねえ……。

呻くように呟いて、高瀬は路地にしゃがみ込んだ。

※

山肌の新緑に、赤い尖塔がくっきりと映えている。

尖塔の上のプラチナ色の十字架が、陽を弾いてキラキラと輝く。

高瀬洋平は落合事務官とともに、藻岩山《もいわやま》の裾野にある「カトリック桑園教会」を訪れた。福住桑園通りで公用車を降り、なだらかな坂道を上る。坂の端には老齢の信徒のためか、手すりと細い階段が作られている。

教会は戦前の建物らしく、壁面は黒ずんだ灰色の積み煉瓦で、正面の楕円の窓には、彩色された幾何学模様のステンドグラスがはめ込まれている。

「兄弟たち、あなた方は、自由を得るために召し出されたのです。ただ、この自由を――」

ちょうどミサの途中で、長机が整然と並んだ礼拝堂に、聖書を読む神父の声が響く。信徒の数は八十人ほどか。正面の左側に聖母マリアの像、右側にキリストの塑像があって、祭壇中央に、十字架を背負ったブロンズ像が掲げられている。黒色の司祭服に身を包んだ長身の神父が、その真下に立っている。

落合の調べによれば、神父、立川夏了は、東京の上聖大学神学部と神学校で学び、その間フランスに留学、十八年前に助祭としてこの教会に赴任した。

立川は、教誨師として獄中の三村孝雄に接し、処刑後も娘のひかりと交流を続けている。神父に当たって、彼女の動向を探る。三村事件の再審請求が行われた場合、中立人となるのは唯一の遺族であるひかりだ。ひかりが爆弾の中身を漏らしている可能性もある。

道警捜査一課の寺内課長は、すでに秘密裡にひかりの身辺捜査を進めている。水商売の世界にいるひかりには、〝引っ掛ける〟材料があるかもしれない。たとえ風営法違反などの微罪でも、なんらかの違法行為が見つかれば有力なカードになる。

ミサが終わった。

女性が弾く足踏み式オルガンの鄙《ひな》びた音色の中を、信徒たちが退出していく。

立川神父がかすかな笑みを浮かべて歩んで来た。銀髪で彫りの深い顔立ち。遠い祖先に西洋人の血が混じっているのか、瞳の色がひどく薄い。

高瀬たちは、奥の談話室に通された。

臙脂色のカーペットが敷かれた小部屋には、アンティークの猫脚の木机が置かれ、ステンドグラス越しに柔らかな光が注いでいる。神父が手ずから茶器を用意し、濃く淹れた紅茶を注ぐと、抜けるような芳香が立ち昇った。

〈立川夏了・カトリック桑園教会神父の話〉

ええ……、教誨師を始めてもう十七年になりますか。

幾人もの死刑囚と接してまいりました。

その中で三村孝雄氏は、私にとって特別な存在でした。彼は、私が教誨師となって、初めて接した死刑囚でしたから。

出会ったのは、二〇〇〇年の秋、死刑判決が確定した直後です。

それから毎月二週間に一度、二時間以上、拘置所の教誨室で彼と語らう時間を持った。

孝雄氏は、定時制高校を卒業後、独学で二級建築士と不動産鑑定士の資格を取って、工務店を開業した。大変な努力家でクレバーな人物でした。なにより「俺は冤罪を晴らすんだ」という気迫が、彼の全身から湧き上がっていた。

刑法や法医学の専門書を読み込み、ノートを作って、時には専門家に質問の手紙を書いたりもしていました。

孝雄氏と娘さんとの関係ですか？

彼は子煩悩でしたね。

ある時、高校の女子聖歌隊が、慰問に来てくれたことがありました。殺風景な拘置所の講堂に、珍しく澄んだ歌声が響き渡った。ふと見ると、あの気丈な孝雄氏が、大きな眼から滂《ぼう》沱《だ》と涙を流している。おそらく、女子高生たちの姿に、娘の成長を重ね合わせていたのでしょう。

三村ひかりは、父親が逮捕されて一年後に、母親とともに川崎市の池上という街に移りました。狭い小樽は、殺人犯の妻と娘が生きていくには、辛過ぎた。

私が初めてひかりに会ったのは、二〇〇一年の春先、拘置所に面会に来た時です。大きな鞄に差し入れの品をいっぱい詰めて、薄ら寒い待合室のベンチに母親とともに座っていました。

ひかりは、父親の血を引いたのか、とても勝気な娘でした。その時の、黒々と光る、利発そうな少女の瞳を、いまでもよく覚えています。

母親が、時々、咳をした。その度に、ひかりが気づかうように背中をさすっていました。後で聞いた話では、その頃すでに病魔が母親の躰を蝕《むしば》んでいた。あれが、三村夫妻の最後の面会になったそうです。

当時のひかりは、まだ高校を出たばかりでしてね、レンタカーの会社に勤めていた。

母親によれば、成績が非常に良くて、学校の先生は強く進学を勧めたらしい。でも、ひかりは頑なに断った。まるで、援助を申し出る周囲の手を振り払うように。家計が苦しかったこともあったのでしょうが、その頃すでに、ひかりは父親の冤罪晴らしを固く決意していたのでしょう。

……ええ、そうです。おっしゃる通り、担当の教誨師として、私は孝雄氏の処刑に立ち会いました。

あの時の様子はお調べに？

そうでしょうね。

うーん……。

あれは、刑の執行などというものではなかった。まるで――。

ああ、お茶のお代わりをいたしましょう。気がつきませんで。どうぞ、どうぞ。

いえ、執行の模様は、ひかりには伝えていません。「父上は、覚悟を決めて粛然と……」そう話してあります。処刑の様子を外部に漏らすわけにはいきませんから。

ええ。ひかりとは孝雄氏が亡くなった後も、連絡を取り続けました。両親に先立たれて、彼女はひとりぼっちになってしまったのでね。私もずっとこの教会にいたわけではなく、他の地区や海外に派遣されていた時期もあります。その間も様々な相談に乗ってきた。

実は私は、ひかりが父親の再審請求に奔走することには、一貫して反対してきました。

理由は単純です。

仮に孝雄氏の冤罪が事実だったとしても、もう彼は戻らない。第一、日本の裁判所が、そのようなおぞましい誤謬を、認めるはずがないでしょう。

ひかりには、遺恨を超えて、新しい、彼女自身の人生に踏み出して欲しい。私はずっとそう言い続けてきました。彼女なら、いくらでも洋々たる前途が開けるはずですから。

でも、ダメですな。ひかりの意志は岩のように固い。

それは？　ここ数年のひかりの暮らしぶりですか？　男性関係？

それは、私の口から申すことではありませんな。

爆弾？　知りませんなあ。

そういう調査が目的であれば、私は適当な人間ではない。聖職にある者が、知り得た秘密を漏らすことはありませんから。

ただひとつ、敢えて私がお伝えするとすれば、ひかりは父親の無実を信じ、一貫して、すべての行動の目標を冤罪の証明に置いてきた、その事実だけです。

検事さん。

ひかりについて知りたいというのであれば、一度、直接ひかりに会われたらいかがですか？　再審の請求審が始まる前なら可能でしょう。

暮らしの荒んだ水商売の女。弁護士や新聞記者に踊らされている無知な女。

ひかりのことをそういうふうにお考えなら、それは違う。違うことをご自身の眼で確かめられたらよい。

ご希望なら、私が橋渡しをして差し上げる。

……いいでしょう。承知しました。

ひかりに連絡してみましょう。彼女が承諾すれば、連絡します――。

教会の門の外まで見送りに来た立川神父に、高瀬は丁寧な礼を返した。

夕陽が照らす緩い坂を下り、公用車が待つ通りの角まで歩く。

立川神父は終始慇懃な態度を崩さなかった。だが、眼は一度も笑っていなかった。それどころか、処刑に話が及んだ時、一瞬、その色の薄い眼球に、厳しい非難の色が浮いた気がした。

教誨師は、死刑囚に罪を悔悟させ、安らかに旅立てるよう善導するのが役割で、基本、拘置所側の人間だ。だが、立川は立場を超えて、三村孝雄に深く同情していたのではないだろうか。

だからこそ、彼は遺児であるひかりを支援してきた……。

そんな気がする。

二年に亘った教誨室での語らいで、三村と何を話したのか、立川神父が明らかにすることは永遠にない。教誨師は拘置所内で知り得たことを口外してはならないと、法務省の通達で決められているからだ。

「三村ひかりと会うんですか？」

肩越しに、落合事務官の声がした。「ヤバくないすか？」

「うん……」

生返事をした。

中立人であるひかりに、検事が接触することは、基本、NGだ。だが、請求はまだ申し立てられてはいない。神父の言う通り、ひかりと会うチャンスは、請求審が始まるまでの残されたわずかな期間しかない。

急に、話してみたいという衝動に駆られた。

歩みを止めて落合を振り返った。

「会ってみるさ」

「へ？」

「人生を投げ出してオヤジの冤罪晴らしにのめり込む女、ちょっと興味がある。それに、爆弾のヒントくらいは摑めるかもしれない。俺ひとりで、ぶらっと行くさ」

物好きなと言いたげに、落合が肩をすくめた。

翌朝、東日新聞がまたも三村事件を特集した。

ＭＣＴ１１８の欠陥性を強調、三村事件の再検証は不可欠だと論じている。先日と同じく、江藤巧という編集委員の署名記事だ。

有力紙の東日がここまで大々的に扱うと、他紙もテレビも追随する。請求審が開かれれば、大きなニュースになるだろう。

午後、立川神父から電話があり、三村ひかりが会ってもよいと言っているという。場所はひかりが勤める小樽のバーで、夕方早めに訪問して欲しいということだった。

午後五時前、高瀬は小樽行きの電車に飛び乗った。

※

函館本線は銭函駅を過ぎた辺りから、海岸線の際ぎりぎりを走る。

曇天で、陽の光は薄い雲に遮られ、空は輝きのない乳白色に覆われている。黒々とした海の向こうに、石狩平野が薄墨を流したように横たわる。

小樽の海は季節によって大きく変わる。初夏のいまはベタ凪《なぎ》だが、高瀬が赴任した半年前は冬の最中で、雪が横殴りに吹きすさび、高波がまさに怒濤のように打ち寄せていた。

小樽駅は天狗山を背負い、三方を低い山に囲まれた、レトロな建物だ。

駅前のロータリーを渡ると、海に向かう、広い坂道が現れる。

周囲はまだ光を残しているが、樅《もみ》ノ木の街路樹の脇に立つ、小さなランプ型の街灯は、早くも橙色に輝いている。

立川神父によれば、三村ひかりが勤めるバーは、小樽港の埠頭の付け根、海上保安庁の建物の裏の辺りにあるという。

埠頭には、青いトタン屋根の長大な倉庫が並んでいる。

しばらく辺りをさ迷うと、錆びた廃車と、朽ちてスプリングが飛び出した長椅子が放置された草地があって、その脇に、倉庫の壁にへばりつくように増築された二階家があった。

閉まったシャッターには赤くロシア文字が書かれ、近づくとその下にごく小さく日本語で「バー・灯」とある。

ここか……。

呟いた途端、頭上でガチャリとノブを回す音がした。見上げれば、鉄製の外付け階段の上の扉が開いて、長い茶髪の女が出て来た。白のTシャツにブルーのチェック柄のシャツ。女は高瀬に気づくと、階段に立ち、張りつめた表情で見下ろした。細身で上背がある女。三村ひかりに違いない。

「検事さん?」

硬い声がした。

頷くと、ひかりが一瞬、身構えるように腰を引いた。

電球色の照明が点ると、バーの店内は細長く、幾分艶を失った黒色のカウンターが奥に向かって延びていた。ロシア語の表示が目につくのは、客にロシアの船員が多いからだろう。驚いたのは、カウンターの内側の壁沿いに、天井まで届く棚が並び、ぎっしりと古いレコードが詰まっていることだ。

三村ひかりがカウンターの中に立ち、手振りで自分の前の席を勧めた。サラサラした前髪の下の黒々とした瞳。すっぴんに近い薄化粧だが、三十五歳という年齢より若く見える。

高瀬は腰高い椅子に座った。

「お飲み物は?」

視線を逸らして小さく訊かれ、バーボンをロックで頼んだ。ひかりがアイスピックで氷を砕き始めた。

鼻筋の通った横顔。伏せた睫毛が長い。細い手首と、襟もとから覗く肌の白さが目を灼いた。「意外といい女って話」という道警の寺内課長の言葉を思い出した。

「口開けのお客さんには、一曲、リクエストをお願いしてるんです」

ボトルの酒をメジャーカップに注ぎながら、依然、硬い響きでひかりが言った。

高瀬は戸惑った。

「困ったな。そっちの方は詳しくない」

「何でもいいんです。CDもあるし……」

バーボンのグラスが目の前に置かれた。

ひかりは目を伏せたままだ。

ぎっしり並んだレコードを眺めた。

静かな古い曲がいい。これから昔の事件の話をする。それに相応《ふさわ》しいものが……。

「アズ・タイム・ゴーズ・バイ、あるかな?」

自分でも意外な曲名が口をついた。

「映画の?」

ひかりがようやく、まっすぐ高瀬を見た。

「そう」

ひかりは、わずかの間、宙に黒目を泳がせると、くるりと背を向け、高所にある一枚を指先で引っ掛けた。古びたジャケットから円盤が滑り出て、腕を伝い、手のひらで止まると、そのままスルリとプレイヤーに乗った。流れるような動作だった。

レコードは背表紙側を奥にして並べられているからタイトルは見えない。位置を全部記憶しているということか。そう言えば、ひかりは成績が良かったと、立川神父が言っていた。

プレイヤーはダイレクトドライブのものが、二台並べて置いてある。針がレコード盤を走り、名画「カサブランカ」の旋律がこぼれ始めた。

酒を一口含んでから、高瀬は切り出した。

「私は、なにも圧力をかけようとか、そんなことは考えてない。ただ、一度お目にかかって——」

「大丈夫です。そんなふうには」

ひかりが顔を振った。

高瀬は、世間話的な口調をつくろおうと努めた。

「立川神父はあなたのことをとても心配しておられた。再審は、弁護士や新聞記者にとっては、やり甲斐のある仕事かもしれない。だが、あなた自身にとっては、どうなのか、と」

「ええ。立川先生はいつもそう言っています」

感情の起伏を殺した声だ。

「再審請求は、時間がかかります。第一次、二次と何度もやって、十年、二十年が過ぎる例も珍しくない。それでも、再審開始の決定が出る可能性はとても低い」

「わかっています」

「しかも、まことに残念ながら、お父上はもう……」

ひかりが睫毛を伏せた。

「立川神父は、遺恨を超えて、あなた自身の人生に踏み出して欲しい、そう望んでおられた」

「はい」

「実は、神父のお話を伺ううちに、なぜ、あなたがそこまで再審に懸命になるのか、理由の一端を知りたくなりましてね。それがここに来た理由です」

「なぜ、そこまで、と、皆さん尋ねます。それは――」

躊躇《ためら》うように声が途切れ、ひかりが氷をひとつ摘まんで、カラリと空のグラスに入れた。

一瞬、表情が翳った。

高瀬は、この女、案外、根が正直なのかもしれないと思った。少なくとも駆け引きや芝居の匂いはしない。敵である初対面の自分に、素の表情を見せている。

「それは、父のためではなく、わたしのため。わたし自身の……」

「どういうことかな？」

「冤罪が晴れても、父は帰らない。であれば、目的は、当然、父のためではない」

「……」

「若い頃から──」ひかりが何かの思いを振り払うように顔を上げた。「周囲の大人たちにずっと言われ続けてきました。間違って無実の人間を死刑にした、そんなこと、日本の裁判所が認めるわけがない。たとえ、どんなに強力な証拠が見つかっても、潰す。判決なんてどうとでも書けるって」

危うく頷きそうになって、高瀬は咳払いした。

「でも、二十歳の時に思ったんです。どんなに壁が厚くても、ひとつだけ、裁判に勝つ絶対的な方法があるって」

「絶対勝つ方法？」

「ええ」

「どんな？」

「それは……」初めて、ひかりの口許に微笑《えみ》が宿った。「真犯人を捜し出すこと」

「なるほど。いや、しかし、それは……」

高瀬は苦笑した。ピリピリした空気が、ようやく少しほどけた気がした。

「みんな呆れます。ぶっ飛んだ考えだって。でも、その思いは、実はいまもわたしを支えているの。道はきっと、必ずあるんだって」

笑みが消え、ひかりの瞳に懸命な色が浮かぶ。

「ふーん」

高瀬は腕を組んだ。再審に賭ける三村ひかりの意志は固い。そのことがはっきりわかった。弁護士や新聞記者に踊らされているわけでは決してなく、彼女自身の意志が再審請求を動かしている。ひょっとして、立川神父が自分をひかりと会わせたのは、この意志の強さを見せつけるためだったのか。

「肉親の――」高瀬は言いかけて口を閉じた。もう、何を言っても無意味な気がした。

「どうぞ」

ひかりが促した。

「うん……。肉親の無実を信じたいというご家族の心情はよくわかる。しかし判決は、警察官や検察官が書くわけではない。裁判官が、公平な立場で多くの証拠を検討し、審理を尽くして書いたものだ」

「いえ」ひかりが鋭く首を振った。「父は無実です。あの裁判は誤りです」

はっとするほど強い語調だった。弛んだ空気が再び張った。

「事件があった日の夜、父はわたしとずっと一緒でした。わたしの部屋で二人だけで。それは間違いのない事実です」

高瀬は素早く計算した。事件当時、ひかりはまだ七歳だ。

「父が逮捕された時、わたしは何度も警察に言いました。でも、取り合ってくれなかった」

肉親の、まして子供の証言を、警察が聴くはずもない。それに、三村が逮捕されたのは、事件から一年八カ月後だ。二年近くも前の特定の日のことを、幼い子供が覚えているというのは不自然だ。

「ウソじゃありません!」

ひかりが叫ぶように言った。見れば、少し頰が赤らんでいる。

「あの日、父は夕方、短時間外出してすぐに戻って、それからわたしの部屋にいた。警察が言うように、被害者の女性とセックスする時間なんてとてもなかった」

「でも、なぜ、そんなに詳しく――」

覚えているのか、と訊く前に、ひかりが答えた。

「あの日は特別な日だったんです。子供のわたしにとって特別な……」

「というと?」

ひかりが息を大きく吸い込んで、目を逸らした。言いたくないらしい。「特別」と言うからには、彼女にとって、心にしまう大切な思い出なのかもしれない。

ひかりが話題を変えるように、プレイヤーの針をレコード盤からはずした。気がつけば、曲はとうに終わっている。ＣＤプレイヤーのスイッチを入れたのか、女性の甘い囁きが流れ出した。聴いたことがない、ロシア語の歌のようだった。

ひかりがボトルを持ち上げて、高瀬のグラスに酒を足した。

「それより――」伏せた目をちらりと上げて、高瀬を見る。

「昼間、森田先生から電話があって、検事さんに伝言が」

「伝言？」

高瀬は眉を寄せた。森田は主任弁護人だ。立川神父が話したのか、この面談は弁護士に筒抜けだったらしい。

「明日の昼、先生が記者会見をして、正式に再審請求を発表します。検事さんに会ったらそう伝えるようにと」

「明日……」

唐突に繰り出された一撃に、一気に躰が硬直した。

「明日というのは、わたしもきょうになって知ったんです。森田先生は、その場で新証拠も公表するとおっしゃってました」

爆弾だ。

高瀬は息を呑んだ。

森田はのっけから爆弾を破裂させるつもりなのだ。

大胆な……と思った次の瞬間、猛然と怒りが突き上げた。

森田はわざわざひかりの口から直に、担当検事である自分に予告させた。完全な挑発行為、真っ向からの宣戦布告だ。

「森田さんは、自信満々らしいな」

引きつる笑いで答えた。

「さあ、それは……」

ひかりが小首を傾げた。「森田先生は、正々堂々と戦おうと……」

「ふふ」

なにが正々堂々だ。これまで散々マスコミ工作をしてきたくせに。

爆弾は、一体、何だ？

訊きたい気持ちをぐっと堪《こら》えた。

その時、入り口で声がした。見ると、大柄な西洋人が三人、ドアの所に立っている。

「ドーブルイ・ベーチェル」

ひかりが男たちに顔を向け、片言の、ロシア語らしき言葉を投げた。

高瀬はグラスに残った酒を啜った。

写真で見た、森田逸郎弁護士の顔が浮かぶ。痩身禿頭。公判で会ったことはないが、西尾次席によれば、ベテランの刑事弁護士らしい。足利事件の弁護団にも加わっていて、MCT118についても熟知している。

手ごわい相手だ。

だが、断じて敗けるわけにはいかない。

ひかりが男たちから注文を取っている。

高瀬は、一万円札をカウンターに置いて立ち上がった。

気づいたひかりが、要らないと首を左右に振った。

高瀬は目で制し、ひかりのバーを後にした。

※

霧笛が聞こえる。

三村ひかりは、ひとり、グラスの酒を口に含んだ。

午前一時。今夜は早めに店を閉めた。

きょう来た検事の顔がよぎる。もっと横柄な男かと思ったが、そうでもなかった。ため息が漏れる。

検事を寄こした立川の意図はわかっている。いわば最後通牒なのだ。もう、後のことは知らないぞ、という……。

立川は再審請求に反対だ。自分自身の幸福を求めて欲しい、それが神父の願いなのだ。

再審請求は時間がかかる。踏み出せば、もう後には戻れない。

それでいいのか？

運命の河を渡る前に、最後にもう一度考えろ。

それが検事を寄こした理由だ。無駄と知りつつ、土壇場の説得を試みた神父の優しさが沁みて来る。

でも……。

ひかりはグラスを持つ指先に力を込めた。

明日、運命の河を渡る。父のためにではなく、わたし自身のために……。

第二章　男

一九九八年七月三日。大通公園の前。

Tシャツに洗いざらしのジーンズ、パンパンに膨れ上がったデイパックを背負った少女が、紅色がかったタイル張りのビルを見上げていた。札幌地裁と高裁の建物だ。

陽射しが白く歩道を灼いて、少女は手の甲で額の汗を拭った。

早朝に川崎市池上の家を出て、午前九時三十分発の飛行機に乗ったのに、出発が遅れて、もう十二時半。開廷は午後一時だから、昼食は諦めた方がよさそうだ。

父・三村孝雄が逮捕されたのは、小学校三年になる直前。それから七年が過ぎ、ひかりは高校生になっていた。

二年前に一審の死刑判決が出て、父は控訴していた。弁護士によれば、三審制は建前みたいなもので、最高裁の審理は形だけ、控訴審が事実上の最終審だという。つまり、今度の裁判で逆転判決を勝ち取らなければ、父は死刑になってしまう。

弁護士は「一審の死刑判決は厳し過ぎる。無罪とならなくとも、無期への減軽は十分あり得る」と励ましてくれる。

でも、もしそうならなければ……。

母とひかりの胸を重苦しい不安が覆い、緊張が躰を縛りつけていた。

わたしが、なんとかしなければ——。

十六歳のひかりの頭は、焦燥とも闘志ともつかぬ思いで膨れ上がっていた。

初めて来た父の裁判。

目的は傍聴だけではない。ひかりは胸に、ある計画を秘めていた。

札幌高裁の法廷は、裁判所の最上階の八階だった。真っ白な壁の間に、濃い茶色の法廷のドアが並んでいる。

最奥にある八〇一号法廷。向かって左に検察官、右に弁護士が着席し、しばらくすると手錠に腰縄をつけられた父が、刑務官に挟まれて入廷した。弁護士の前の長椅子に座る。

その姿に、母は泣けてしまうと言っていた。でも、ひかりは泣かない。父のことでは、何があってももう泣かない。一審の死刑判決を聞いた時から、そう心に決めている。

父は、母が差し入れた白のワイシャツにグレーの背広をきちんと着ている。

父がこっちを向き、視線が傍聴席をさ迷う。

ひかりは背筋を伸ばして、顎を上げた。

眼が合って、父が頷き、かすかに微笑んだ。

ひかりも笑みを返し、心の中で呼びかけた。

お父さん、もう少しだけ頑張って。わたしが助けてあげるから。

膝に置いたデイパックをぎゅっと胸に引き寄せた。裁判の資料、法律の本、それに、はがき大のフォトフレームが入っている。

正面奥の扉が左右に開いて、裁判官たちが入って来た。時代劇のお奉行様の登場みたいだ。黒い法服の裁判長は、白髪頭を傾け、テキパキと審理を進めていく。「では、検察側証人――」という言葉が聞こえた。

来た……。

ひかりは拳を握りしめた。この証言を聴くために、はるばる川崎からやって来たのだ。

後方の扉が開いた。

銀縁の眼鏡をかけ、黒いスーツを着た中年の女が入って来た。

科警研の技官、生井響子だ。傍聴席を抜けて柵を開け、証言台に立つ。

緊張で胸がドキドキして、手のひらに汗が滲んだ。

響子の証言が始まった。

少しもったいつけた、粘るような口調だ。

A3くらいのパネルを手にして、細い指示棒で指しながら喋る。傍聴席からはパネルの裏側しか見えない。

ひかりは必死に耳を澄ました。

「MCT118」「バンド」「マーカー」などの単語は断片的に聞き取れるが、あとは専門用語と数字、英語ばかりが羅列され、何を説明しているのか、内容はまったく摑めない。まるでわざとそうしているみたいだ。

MCT118の鑑定プロセスは、参考文献を読み漁り、大学の研究室も訪ねて勉強した。しかしこれでは、響子の証言の矛盾を見つけることは不可能だ。

傍聴人は皆退屈そうにそっぽを向いている。裁判官たちは眠そうですらある。この説明で何かが理解できるとはとても考えられない。

ふと、思った。

ひょっとして、これは単なる〝儀式〟なの？

響子の話が終わり、尋問が始まった。

「では、被害者の体内から採取された精液のDNA型は、被告人のものと一致する、そう断定できますか？」

太っちょの検察官が芝居がかった口調で質問する。

響子は少し微笑むように、自信たっぷりの表情で答えた。

「はい。鑑定書に示した通り、断定できます」

ウソ！

ひかりは胸の中で叫んだ。

事件当夜、父が自分といた以上、犯行は不可能なのだ。

ウソつきがいる。

ひかりはずっとそう考えてきた。

ウソをついているのは二人だ。

科警研の技官である生井響子。そして、父のランクルが深夜にスナック「美鈴」の脇に駐まっていたと証言した左官業の男。

生井響子の場合は、鑑定ミスの可能性もあると思っていた。

でも、違う。いま、はっきりわかった。

響子はウソをついている。自信満々の態度は偽りを隠す鎧《よろい》だ。

法廷の父を見た。

唇を噛みしめ、無念の眼差しで響子を見すえている。

父は、手を縛られ、発言を封じられて、ウソを喝破する術を奪われているのだ。

どんなに悔しいだろう、そう思うと目の裏が熱くなった。

弁護人の尋問に移った。

弁護人は繰り返し鑑定データに疑問を挟む。生井響子はうっすらと笑みを浮かべ、終始、いなすような態度で応答した。

証人尋問が終わった。

生井響子が法廷を出ていく。

少し遅れて、ひかりも傍聴席を抜け出した。

さっき下見して、証人の控室はわかっている。すぐ先の八〇七号法廷だ。

廊下を走り、控室に飛び込んだ。

こぢんまりした法廷に、生井響子は背広姿の男と一緒にいた。

二人がぎょっとした眼でひかりを見た。

「何ですか？」

男が咎めるように訊く。ひかりは無視して響子を見すえた。

「わたしは、三村孝雄の娘です。生井先生に、お願いがあってここに来ました」

響子と男が顔を見合わせた。

「さっきの証言ですけど、先生、あれは何かの間違いですよね。あのＤＮＡが父のものであるはずがないんです！」

「キミ！」

男が声を上げた。

わずかな間を置いて、響子がどんよりと口を開いた。

「どういうこと？」

「父があの日、『美鈴』に長くいたはずがないんです。父はあの晩、ずっとわたしといたんです。わたしの部屋に」

響子の唇が、笑いを堪えるようにひくひくと動いた。

「ご家族の気持ちはわかるわ。でも、あの鑑定に間違いはありません」

「違います！　これを見て下さい」

ひかりはデイパックを肩からはずし、中を探ってフォトフレームを取り出した。

幾層にも重ねられた、白やピンクの白つめ草の花。

「ほら、あの日、父とわたしは」

響子がちらりと見て、すぐに目を逸らした。

「この真ん中にいるのは――」

「キミ！　止めなさい！」

男が大声で遮った。

「生井先生、本当のことを言って下さい！」

ひかりは響子に詰め寄った。「あの晩、父が『美鈴』に行ったのは、夕方の七時過ぎで、すぐに戻って来たんです！　わたし、よく覚えています。だから、DNAが父のものであるはずがないんです。先生、お願いです、鑑定は間違いだった、正直にそう言って下さい！　そうじゃないと――」

急に言葉が止まって、感情が込み上げた。「父は死刑になってしまう……」

不覚にもポロリと涙がこぼれた。

「キミ！」

男が立ち上がり、ひかりの肩を小突いた。「出ていきなさい！」

「生井先生、お願いです。証言を訂正して下さい！　お願いです！」

男の陰から、ひかりは必死に頭を下げた。

生井響子がうんざりしたように言った。

「あのね、鑑定は間違っていないの。科学捜査というのは、あなたが思っているようないい加減なものじゃないの。高度な理論に基づいて、専門の科学者が厳正に行うもの。妙な言いがかりは止めて、ちゃんと勉強して出直しなさい」

「先生、お願いです！　どうしてウソをつくんですか？」

「何なの、このコ……」

小さな呟きが聞こえた途端、響子の形相が、仮面が剝がれるように一変した。カッと見開かれた両眼が、憤怒も露わにひかりを睨みつけた。

「あなた、文句があるなら、検事か判事に言いなさい！　私があなたと話す義務はないの。第一、あなたの弁護士は何と言っているの！」

「それは……」

ひかりは言葉に詰まった。弁護士は、写真も証言も、肉親のものだから証拠能力はないと言う。

「ほら見なさい」

生井響子が勝ち誇ったように笑った。

「出ていきなさい！」

男が凄い力でひかりの腕を摑んで引きずり、ドアを開けて突き飛ばした。

「待って！」

ひかりの目前で、音をたてて扉が閉まった。

控訴審の判決は、その年の秋に出た。

《——発覚を恐れて八歳の少女までも殺害した犯情は、誠に冷酷かつ凶悪で、母娘二人の生命を奪った結果はあまりに重大である。しかも被告人は、今日に至るまで犯行を否認し続け、一片の悔悟の念もうかがえない。極めて非道な態度と言わざるを得ず、被告人に極刑を科する妨げとなる情状は見当たらない。よって、社会正義の見地から、命を以て償うべきという原判決の認定は相当と言うべきである》

生井響子の証言を眠そうに聞いていた裁判長は、打って変わって峻厳な表情で父を断罪した。

傍聴席のひかりは、ただ呆然と、青ざめた父を見ていた。

四年後、二〇〇二年十二月四日の夕刻。

携帯電話から、立川神父の沈痛な声がした。

それは、あまりにも突然の報せだった。

父の死刑執行。

ひかりは、頭の中が空っぽになってしまって、何がなんだか、わけがわからなかった。まったく予期していなかったのだ。

「判決が確定してから執行までは、通常十年以上の期間がある、まして三村さんは再審の準備を進めている。そういう者の執行は見送られる」

弁護士からそう聞いていた。ひかりも、おそらく父自身も、そう信じ込んでいた。

前年、母が急逝したばかりだった。多発性骨髄腫。気がついた時には、癌は黒々と全身の骨に散らばり、内臓にも転移していた。二年前に最高裁で死刑が確定して以来、母はふさぎ込む日が多かった。父を案じるストレスが、癌となって骨を冒したのだ。

翌日の早朝、母の遺影だけを鞄に詰めて、飛行機に飛び乗った。

札幌は晴れていたが、積雪の上を渡って身を切るような寒風が吹きつけ、凍結した路面が嘲笑うように足下をすくった。

父の棺は昨夜遅くに、藻岩山の麓にある立川神父の教会に運び込まれていた。

礼拝堂に、ステンドグラス越しの、弱い陽射しが注いでいた。

神父がひとり、瞑目してひかりを待っていた。

ひかりは、崩れるように白い棺に歩み寄った。

父の首に包帯が巻かれている。それが真っ先に目に入った。

父は両目を固く閉じ、唇を引き結んでいる。頬は黒ずみ、一切の感情を失った、蠟人形のようだった。

涙は出なかった。

ぼんやりして、父の死がまるで実感を伴わない。非現実の世界をひとり漂うような、希薄な感覚に包まれた。

ひかりは虚脱したようにその場にへたり込んだ。

随分経ってから、立川神父の声がした。

「お母様を」

ひかりは弾かれたように、鞄から母の遺影を取り出して、父の顔のそばに置いた。

微笑んでいる母の写真。蠟のような父の死に顔。

三人で暮らした幼い日々の思い出が、映画のようにひかりの脳裏を流れていった。

最後に、降りしきる雪が見えた。

父が逮捕されたあの日。小学校二年だったあの雪の日。

あの日を境に幸せな家庭は崩れ、ひかりたち三人は、悪意と拒絶、中傷と迫害の渦中に突き落とされた。

「父と母は――」

我知らず呟きが漏れ、立川神父を見上げた。

「何か、悪いことをしたのでしょうか……」

「……」

神父が痛々しい表情で首を左右に振った。

ひかりは父の髪を撫でた。信じられないほど、白く変わっていた。

「お父様の遺品も届いています」

立川神父が顔を礼拝堂の隅に向けた。

段ボール箱が五つ、きちんと並べて置いてある。

父が独房の中で使っていた品々が、遺体とともに拘置所から送られていた。

「お棺に入れるものがあれば、今夜……」

立川が消え入るような声で言った。

焼き場に送る前に、棺に入れるものを遺品の中から選ばなくてはならない。

「開封を手伝いましょう」

ひかりは黙って頷いた。

立川神父とともに、段ボール箱の梱包を解いた。

本とノート、それに書簡類がぎっしり詰まった箱。

老眼鏡、櫛などの日用品の箱。

その他の箱には衣類が入っていた。

グレーの背広が目に留まった。

これを着て法廷に座っていた父。

シャツ、ズボン、肌着……。

衣類の量は多かった。

逮捕されて以来、夏は涼しいシャツや下着、冬は暖かなセーターや靴下。母は季節の変わり目ごとに、小まめに衣類を送り続けた。

臙脂色の毛糸のカーディガンを手に取った。

母が編んだものだ。

そう、父が逮捕された後も、母の愛情は変わらなかった。父もまた、母を気づかう手紙を切れ目なく送り続けた。父と母は愛し合って……。

二人の笑顔がよぎった途端、瞠《みは》った両目に、急に涙が湧き出して、静かにひかりの頬を伝った。

「立川先生……」

再び、立川に顔を向けた。

神父の両目は真っ赤だった。唇が慄えるように動いたが、言葉は出ず、すぐに固く引き結ばれた。立川はひかりの瞳を見つめ、何かから解き放つように、無言で大きく頷いた。

ひかりはそっとカーディガンに顔を埋めた。

とっくに忘れていた、幼い頃に嗅いだ父の匂いがした気がした。

お父さん……。

涙が堰《せき》を切ったように流れ出し、毛糸の編み目に吸い込まれた。ひかりは声を上げて泣いた。


結婚式場「ベルチャペル札幌」は、札幌駅から広い通りを南下した、大小のホテルが建ち並ぶ南十条の一画にある。白壁の建物に一歩入ると、豪華なシャンデリアが照らす大理石のフロアが広がり、キャビンアテンダントのような、紺色の制服を着た女性スタッフがにこやかに客を迎える。

ひかりがここのフロント係として働き始めたのは、父が亡くなった翌年、二〇〇三年の秋からだ。三年更新の契約社員で、月給は額面一七万八〇〇〇円。カツカツだが、ひとり暮らしなのでなんとかやっていける。

札幌に戻った目的はひとつだ。

真犯人を突き止める。

それ以外に、父の冤罪を晴らす道はないのだ。

父の遺品の中には、弁護士などとやり取りした多くの書簡が含まれていた。どれも再審に賭ける執念が込められたもので、その中に、野村鈴子の恋人に触れた記述があった。

「いま、若い子と付き合ってんのよ」

手紙には鈴子の言葉が記され、父はこれを探ってくれと、弁護士に繰り返し依頼していた。処刑される前日に書いた手紙も、MCT118についての疑問点が細かく記された後、**「そう言えば、鈴子の愛人の件ですが、カラ」**と書きかけ、そこで便箋のページが代わって終わっていた。

謎の言葉、「カラ」。

一体、何を示すのか？

カラス、カラット、カラメル、カラン……。いろいろ考えたが、結局、意味はわからないままだ。

図書館で閲覧した事件当時の新聞には、当日の深夜、スナック「美鈴」の近くで、走り去る男を見たという目撃談が載っていた。捜査本部も当初、この男の行方を追っていたという。

ひょっとしたら、鈴子の若い恋人が、「走り去った男」ではないのか。そしてその男こそが、野村鈴子と性交し、彼女と娘を殺した下手人ではないのか。

若い男の影だけが、残された手がかりだ。

写真で見る鈴子は、ロングヘアーがよく似合う、目鼻立ちのくっきりした美人だ。

父と鈴子は、鈴子が薄野で働いていた頃、ごく短期間、肉体関係にあった。馴れ馴れしく父にしなだれかかる鈴子の姿は想像したくない。父が鈴子の店の改築の仕事を受けたのは、頼まれると嫌とは言えない、多分に親分気質によることと、狭い小樽の街で波風を立てたくないという配慮からだろう。母も以前、「仕方なかったのよ」とため息交じりに話していた。

おそらく、恋人のことは仕事に来た父に、鈴子が冗談交じりに触れたのだ。若い恋人の存在をちょっと得意げに話す鈴子の顔が目に浮かぶ。

父に話すくらいだ。鈴子はきっと、恋人の存在を女友達との恋バナでも漏らしていたはず。鈴子が薄野で働いていたのはもう二十年近くも前のことだが、薄野にはまだ、鈴子の昔の仲間がいるかもしれない。

ひかりは、夜、鈴子の写真を手に薄野のバーやクラブを訪ね、かつての同僚を探した。

鈴子らしき人物がいたバーは数軒あったが、いずれも閉店して、従業員たちは四散してしまっている。かすかな風聞を頼りに小樽や琴似も歩き回った。

薄野のはずれ、南四条にあるカウンターバー「ＪＢ」。

ここのママを訪ねたのは、呑み屋回りに徒労感を覚え始めた二〇〇四年の夏だった。

力士のように肥満した躰に、こってりした厚化粧、酒嗄れしたハスキーボイスの通称「マダム」。

初めは邪険にされたが、何度も足を運ぶうちに、

「もう、昔の話だからねえ〜」

と、鈴子のことを語り始めた。

「鈴子とは同じ店にいてさ、創成川沿いのコレがよく来る店だよ」マダムは頬の辺りを小指でなぞった。

「そのあと鈴子は小樽にスナックを構えたから、もう鼻高々で……」

その後も、鈴子は週に一度札幌に来て、マダムともたまにランチをしたという。

「鈴子には、札幌にパトロンがいたのさ、爺さんの。でなきゃ、子連れで店持つなんて無理だよ。何屋かって？　わたしもよく知らないけどさ、どうせ不動産屋か坊主か、そんなところだよ。そのくせ、鈴子、あんたが言うように若い子とも遊んでたね。自慢げに言ってたもん、北大生と付き合ってんだって」

「北大生？」

ひかりは足下からゾワゾワと昂奮が這い上がるのを感じた。

事件当時鈴子は三十三歳。大学生では二十歳そこそこだが、遊び相手とするには、年齢差にさしたる違和感はなかっただろう。

だが、〝北大生〟であること以外、学部もサークルもマダムは知らなかった。北大生は一万八千人もいる。本当に北大生だったのかもわからない。

夜、小樽に行き、事件当夜、男が走り去った辺りを歩いてみた。

花園四丁目にあったスナック「美鈴」は、いまはなく、跡地には小ぶりなアパートが建っている。

当時の新聞の記事によれば、目撃者は、《男は北の方角へ走り去った》と、証言している。

「美鈴」の跡地の前を北へ進むと、一戸建てが建て込んだ住宅街が広がっていた。

家々はすでに灯火を消して、周囲は暗く森閑としている。

家並みに沿って当てどなく彷徨《さまよ》った。

十五年前の七月二十日の深夜、「美鈴」から飛び出して来た男は、ここからどこへ逃げたのだろう。

角をひとつ曲がる度に、不気味に闇が濃くなっていく気がする。

やがて丁字路の角に大きな蛍光灯の光が見えた。

赤い鉄柱に付けられた、医院の看板。

それだけが、暗夜に白々と浮かんでいた。

生井響子以外のもう一人の〝ウソつき〟、父の車が事件当日の深夜、「美鈴」の脇に駐まっていたと証言した左官業の男は、近松五郎という。

近松の店は以前と同じく、小樽市の南部、奥沢にあった。

左官業に加え、水道の配管工事にも乗り出して、市の指定業者になっていた。

小樽では冬、水道管が凍結するから、水道修理はいい商売だ。近松の店も周囲に「水道救急隊」という幟を何本も立て、そこそこ繁盛しているようだった。

公判記録によれば、事件当夜、近松は取引業者の懇親会に出席、二次会に流れ、夜十一時前、花園一丁目のカラオケ店で散会した。近松は、自家用車で帰る途中、「美鈴」の脇の小路に駐まっている父のランクルを見た、と証言している。

父とまったく面識がなく、利害関係もない近松が、なぜウソの証言をしたのか、そこがどうにもわからない。

同じ時刻に、花園一丁目から「美鈴」の跡地までをレンタカーで走ってみた。

花園町の中心部、「花園銀座」を過ぎると、周囲は急に暗くなる。当時はもっと暗かったのではないか。いくらヘッドライトで照らしたとはいえ、一瞬目に入った車の車種を覚えているものだろうか？

警察はなぜ、近松の証言を鵜呑みにしたのだろう……。

月日は無常に流れてゆく。

父の処刑から六年、札幌に移ってからすでに五年が過ぎていた。

ひかりは、野村鈴子のかつての同僚を探して、休日には釧路や旭川、富良野まで足を延ばした。

朝、ベースボールキャップを目深にかぶり、大きめのデイパックを背負って人捜しに出ると、アパートの一階に住むおばさんが明るく声をかけてくる。地域猫の面倒を見ている気のいい人で、時々、夕食のお惣菜を差し入れてくれたりもする。

「ひかりちゃん、今度はどこに行くの？　また温泉かい？　いいねえ、独身さんは」

「えへへ、まあね」

笑ってみせるが、気分は重い。

多分、今度も空しく終わる。その繰り返しだった。〝北大生〟の正体も、近松五郎がウソの証言をした理由も、依然、摑めていない。

夜、焦燥感に身悶えした。

瞼に浮かぶのは、最後の面会で見た父の後ろ姿だ。

拘置所の凍りついたスロープ。壁で仕切られた狭い部屋。

「時間だ」と刑務官に告げられ、アクリルガラスの向こうに去っていく、丸まった背中。なんだか急に老けて見え、呼びかけようとした途端、金属音を響かせて扉が閉まった。

あの背中が、いまも語りかけてくるような気がする。

早く無念を晴らしてくれと……。


永久凍土のように固く閉ざされた状況に、一条の光が差したのは、二〇〇九年四月二十日の夜だった。

ゴールデンウィークを控えた繁忙期で残業が続き、疲れ切ってアパートの小部屋でまどろんでいると、小さく抑えたテレビの音声が耳に入った。

《──犯人のものとみられるDNA型と、受刑者のDNA型が一致しなかったことが、関係者への取材でわかりました──》

がばりと起き上がった。

窓辺に置かれた、14インチのテレビ。

ひかりの眼は、画面に吸い寄せられた。

原稿を読み上げる女性キャスターの下に、大きくテロップが出ている。

《速報　足利幼女殺害事件　再鑑定でDNA一致せず》

ＭＣＴ１１８《エムシーティーいちいちはち》の欠陥性が、明らかにされた瞬間だった。

翌朝、スタンドで東日と北海道新聞を買って熟読した。

足利事件の再鑑定は、弁護団と、一部報道機関の執念が呼び込んだ幸運だった。再鑑定に同意した検察は、よもや「不一致」という結果を予測していなかったのだろう。

弁護団は難解なＤＮＡの鑑定法、分けてもＭＣＴ１１８について熟知しているようだ。

ひかりは、ゆで卵とトマトの軽い朝食を終えると、立川神父がくれた、とっておきの紅茶を淹れて、ゆっくりと味わった。そして、昼休みに、足利事件弁護団の主要な弁護士事務所に片っ端から電話を入れた。


その弁護士の事務所は、札幌地裁から徒歩五分ほどの、南一条の古ぼけた雑居ビルにあった。

一階は「珍来軒」というラーメン店で、ひかりは、その脇にある、五人も乗れば満杯の小さなエレベーターで六階に昇った。

エレベーターの壁は毛布のような布で覆われ、扉が閉じても、中華スープを煮る匂いが消えずに漂う。

ひかりは、だんだん心細くなってきた。

「MCT118に関しては、私より詳しい」

東京の高名な弁護士がそう太鼓判を押したから、立派なオフィスを構えた大物弁護士を想像していたのだが……。

エレベーターを降りると、薄暗い廊下の片側に業界団体の組合事務所や税理士の小さな事務所が並んでいた。裁判関係の書類を詰め込んだバッグが、肩が抜けるほど重い。左右を見ながら奥へ奥へと進んでいくと、突き当たりにようやく、「森田逸郎法律事務所」と古めかしい毛筆書きの看板があった。

《電話相談三十分五〇〇〇円　厳守！》

《着手金は受任当日に現金で申し受けます。必須！》

事務所は、観葉植物もない殺風景な空間で、目に飛び込んで来たのが、正面の大きな貼り紙だ。

弁護士はおカネに細かい人かもしれない。

高額な弁護料を吹っかけられたらどうしよう……。

事務員は留守なのか、それともいないのか、カウンターに置かれたベルを躊躇いがちにチンと鳴らすと、奥の仕切りの向こうから、痩せた初老の男が、のっそりと現れた。

禿頭小顔で色白、らっきょうが縁なし眼鏡をかけたような風貌だが、眼鏡の奥の両眼は切れ長で炯々《けいけい》と光っている。森田弁護士本人のようだ。もっとも、壁の貼り紙からすると、鋭い眼光は依頼人の懐具合を値踏みする、商売人のものかもしれない。

「ふ――ん」

応接セットでひかりの話を聞き終えると、森田は、一声唸って、細い躰にぎゅっと巻きつけるように両腕を組んだ。

「死刑執行済みの事件の再審？」

ひかりを見て、念押しのように訊く。

「はい」

ひかりはこくりと頷いた。

「前例がない……」

弁護士の頰が厄介そうに歪んだ。

「死刑囚が再審によって無罪となった冤罪事件は、これまでに四件あります。免田事件、財田川事件、松山事件、島田事件。しかし、いずれも執行前で、四人は生きて出獄した」

「知っています」

「再審は、検察官と裁判官が最も嫌うものです。ただでさえ有罪に異様にこだわる検事たちにとって、再審は無罪以上の、まさに顔に泥を塗られる屈辱だ。裁判官にとっても、過去の判決を否定することを意味する。まして、死刑執行済みの事件の再審なんざ、開始の決定を出そうものなら、その裁判官の将来に確実に影響します」

森田は軽く咳払いして、ひかりが用意した裁判関係の書類に目を落とした。指先を舐めながらページをめくり、かなりの速度で読み飛ばす。

「致命的なのは――」森田がひょいと顔を上げた。

「このケースは、足利事件と違って、DNAの再鑑定ができないことです。科警研が精液の試料を使い切ってしまっている」

「でも――」ひかりはすがる思いで言った。

「MCT118鑑定そのものがデタラメだとわかった以上、父の判決にも大きな疑惑が生まれてくる、そうじゃないですか?」

「いまの段階では、MCT118の鑑定結果が全部間違っているとは言い切れません。個々のケース毎に検証し、このケースでは間違っていたと、はっきり証明できなければ判決は覆せない」

「そんな……」

「いえ、確かに、判決がMCT118の鑑定のみに依存していたとしたら、その根拠は揺らぐわけで、裁判のやり直しを求めることも可能かもしれない。しかし、いまざっと拝見したところでは、お父上のケースでは他にも幾つかの情況証拠がある」

「それについては――」

ひかりは言葉に詰まった。

情況証拠を覆すような事実は、何も見つかっていない。

「ご自分でいろいろとお調べになってきたことは、さっき伺いましたが……」

森田の眼に憐れむような色が浮かんだ。

ダメか……。

ひかりはがっくりと顔を伏せた。断られるのだ。もう何人もの弁護士に似たような表情で断られてきた。公判を担当してくれた弁護士も、死刑執行後は「もう無理です」と匙を投げた。

ようやく見えかけた光が、霞のように消えていく。期待が大きかっただけに、悔しさが一層強く募った。

「やってみましょう」

いきなり頭上で、声が響いた。

「は？」

森田が、ひかりの意思を確かめるように目をすえた。

「ただし、ひとつ条件があります。ウチの葦沢という調査員が、一から調べ直す。再審請求は、グウの音も出ないほどの決定的な証拠を突きつけないと、裁判官は早々に却下してしまいます。有無を言わせぬ爆弾が不可欠。多分、調査には時間がかかる。よろしいですか？」

「も、もちろんです！」

ひかりは思わず立ち上がった。消えかけた光が、何層倍もの明るさで輝き始め、ひかりの視野をいっぱいに満たした。


翌々日の昼下がり、調査員の葦沢から電話があって、薄野の喫茶店で待ち合わせた。

葦沢は、三十過ぎの小太りの男だった。丸い顔に四角い躰。目だけがくりっと大きくて、なんとなく、アニメの戦車を連想させる。

「まず――」

葦沢はバサバサの髪を指でくしゃりと揉んで、いささか不機嫌そうな面持ちで言った。

「森田のおっさんは、俺のことを調査員と言ったと思いますが、それ、違うから。頼まれれば、ごく稀に協力する場合があるってだけです。森田事務所とは何の契約もないし、義理もなければ借金もない。本業は名刺にある通りです」

「ええっ、でも……」

慌てて、もらった名刺に目を落とした。確かに、

《月刊札幌　記者　葦沢久志》

とある。

「『月刊札幌』。知ってますか？　知らねえだろうな」

「残念ながら」

「北海道限定の報道系月刊誌。一冊八八〇円。年間購読だと十二冊で一万円です」

「はあ」

「主にそこに、官庁の不正隠しや係争事件の裏事情なんかを書いている。まっ、およそ誰にも注目されないフリーライター、それが本業です」

およそ誰にも……。

真顔で言うのがおかしくて、ひかりはクスリと笑った。

「次に、俺をデブとバカにしてはいけない。コレ、全部筋肉ですから。ほら」

腕を曲げると、確かに肉がぐっと盛り上がった。

「ホントだ」

マッチョは苦手だとも言えず、少しだけ眼を丸くしてみせた。

「ご依頼の件、資料は一通り目を通しました」

ブツブツ言いながらも、調査を引き受けてくれるらしい。ひかりはほっと息をついた。

葦沢が目をつけたのは、やはり〝北大生〟だった。

「この男は、真犯人に直結する。学部やサークル、ゼミなど、絞り込める要素を、野村鈴子は誰かに喋っていたはずです」

葦沢とは、その後月に一度の頻度で会ったが、さすがにプロだと感心したのは、北の方角に去った男の目撃者が、横山健一というタクシー運転手だということを、たちどころに摑んで来たことだ。さらに、科警研での鑑定に、生井響子以外に、田中義一という助手が関わっていたことも突き止めた。

ひかりは、結婚式場「ベルチャペル札幌」に勤めるかたわら、薄野のバーでバーテンダーとして働き始めた。

森田弁護士には、依頼当日、わずかな着手金を払ったが、以後、何の請求も来ない。葦沢に訊いたら、

「刑事弁護なんて、ハナから儲けは諦めている。事務所のあの貼り紙はね、たまに来る贈賄なんかの依頼人から、ガッポリふんだくるためなんだよ」

と、〝ガッポリ〟の部分に妙に力を込めて言った。

とはいえ、すでにかなりの調査費が発生しているはずで、いずれ請求されるだろう。それに、もし裁判が始まれば、もっともっとおカネがかかる。

店は「トップス」という名で、南仲通の細い路地を入った雑居ビルの二階にある。札幌で一番長いという、わずかに湾曲した黒光りするカウンターが自慢で、バーテンダーは全員、二十代の女性だ。

ひかりは黒のパンツに白いシャツ、銀色のチェックのベストを着てカウンターの内側に立った。身長があってスリムなひかりは、「見栄えする」と、男性マネージャーには気に入られたが、酒の名前やシェイカーの振り方はまるでわからず、右往左往するばかりだ。

時給は一〇〇〇円。原則週五日、十九時から五時間の勤務で、月に手取り九万円ほど。これには一切手をつけず、全額、裁判費用として貯金した。

ある日の打ち合わせで、葦沢がマジな目つきで言った。

「当面の脅威は、検察庁だよ。検事を、木村拓哉の『ＨＥＲＯ』みたいな正義漢だと思ったら、大間違いだ」

「そんなふうには思ってないけど」

ひかりは笑ったが、葦沢は表情を崩さない。

「連中は筋金入りの官僚だ。組織防衛のためならどんな手も使う。『裏金事件』って知ってますか？」

「いいえ」

「検察幹部が、長年、情報提供者への謝礼金を裏金として貯め込み、年間六億円ものカネを呑み食いゴルフに流用していた。七年前、当時、大阪高検の公安部長だった検事が、この問題を内部告発しようとした。検察庁は、部長検事がマスコミのインタビューを受ける三時間前に、彼を逮捕した。罪名は、〝電磁的公正証書原本不実記載〟。住民票と違うところに住んでいたという、信じられない形式犯だ」

「そんなこと、できるんですか？」

「できる。検察がやろうと思えば、何でもできる。そしてそれを実行する連中だ。結局、裏金の告発は犯罪者の戯言として扱われ、しけた花火みたいに、しぼんで終わった」

「……」

「他にも、政治家と結託した国策捜査なんてざらにあるし、地裁が無罪判決を出すと、強引に控訴、上告して絶対無罪を認めない、これも検察の体質です」

「……」

「無実の人間を殺した冤罪死刑が認められたら、検察のメンツだけじゃない、法務省、最高裁、ひいては政局にまで影響する。検察はお父さんの再審を、がむしゃらに阻止してくる。

その覚悟はしておいた方がいい。だからこそ、俺たちには決定的な物証が必要なんだ」

検事たちの真の姿は、ひかりにはわからない。だが、彼らが無実の父を殺した張本人であることは、動かぬ事実だ。

二〇一〇年三月、足利事件の再審が結審し、無期懲役囚の無罪が確定した。

足利は幸運な結末を迎えたものの、スナック「美鈴」から走り出た〝北大生〟らしき男の手がかりは、一向に摑めない。それどころか翌年、ひかりは予想外のピンチに襲われた。

結婚式場「ベルチャペル札幌」が、突然、ホテルチェーンに吸収されることになったのだ。それに伴うリストラで、非正規社員のひかりたちは真っ先に切られた。さらに、翌月、二十九歳になった途端、バー「トップス」をクビになった。

「ここはね、見栄えより若さなんよ。コレ、業界の常識だから」と、店長は言った。もっと若い、きれいな娘が現れたのだろう。

求人広告を手に職を探したが、不況の街に働き口はない。

夜、狭い部屋に寝転がって、天井を見上げていると、徒労感で奈落に引き込まれるようだった。

父が処刑されてから、すでに八年が過ぎている。

多分、再審請求さえできぬまま、このままどんどん年老いていくのだ。孤独に、貧しく、一片の女の幸せすら味わうことなく……。

「ベルチャペル札幌」で週末毎に目にした、幸せそうな花嫁たちの顔がよぎる。溢れる陽光、降り注ぐライスシャワー、祝福する人々……。

あんなにデコレートされた結婚式は望まないが、羨望の気持ちがないと言えばウソになる。

思えば、この十数年、躰の芯から安らいだことなんかなかった。頼れる人も立川神父と、しいて言えば、一階に住む親切なおばさんくらいだ。

立川には結婚式場を解雇されたことは報せていない。言えば答えは決まっている。

神父は、最近、さかんにフランス行きを勧めてくる。

立川は上聖大学神学部の出身で、大学時代と、神父になってからの研修派遣で、二度パリに留学している。

向こうには大学や神父個人と繋がりのあるカトリックの福祉団体が多数ある。そこで二、三年スタッフとして働いて言葉を学び、現地の大学に入ればいい。フランスなら、三村氏のことを知る人間もいない。なんなら一生、外国で暮らせばいい、それが神父の提案だ。

フランスか……。

テレビでしか見たことのないパリの風景が浮かぶ。

その洒落た街並みを、ジーンズに、ヒールの高いサンダルをはいて闊歩する。

楽しいだろうな。

立川神父は、懇々とひかりに説く。

「過去に縛られてはいけない。いまなら十分やり直せる」

神父の助言を受け入れて、すべてを投げ出してしまおうか。

でも……。

ひかりは、いつもそこで踏みとどまる。

そして、自分に言い聞かせる。

逃げちゃダメ。逃げれば、一生、逃げ続けることになる。

切り崩した貯金が、半分に減った時、手を差し伸べてくれたのは、意外なことに弁護士の森田だった。

「勧められる口じゃあないんだがね」

森田は、らっきょうのような顔を梅干しみたいにしかめてみせた。

その日のうちに小樽港の港湾関係者と会い、港内にあるバー、「灯」で働き始めた。住居もバーの二階に引っ越した。月収は「ベルチャペル札幌」と「トップス」を合わせた額と比べると、三割がた減ったが、取りあえず、生活の危機は脱した。

二〇一七年三月二十日、春分の日。

正午過ぎに森田弁護士から電話があって、ひかりは家を出た。

この日、小樽は激しい降雪で、気温は氷点下十二度に達していた。

降りしきる雪の中を、背を丸め、小樽駅に向かって緩い坂を上る。

表通りは除雪されているが、それでもすでに一〇センチ以上は積もり、その上にさらに新雪が吸い込まれていく。

空を埋めて降り注ぐ雪は、時に恐怖を覚えるほどだが、日本海特有の湿り気のせいか、小樽の寒さはどこか柔らかいとひかりは感じる。乾いた札幌の方が、冷気がきつく、骨身に沁みる。

森田法律事務所には、葦沢も来ていた。

殺風景でも、スチームの利いた部屋はほっとする。

応接セットの低いガラステーブルに、温かい缶コーヒーが三本置かれていた。

「ウチののろまな調査員が、ようやくネタを摑んでくれてね。それが、まあ、珍しく仰天ものの大ネタなんですわ」

森田弁護士が、禿頭を手でつるつる撫でながら言った。

初めて会ってからすでに八年。弁護士は、眉も揉み上げも白髪に変わり、全体に白っぽくなってしまったが、炯々とした眼光は以前のままだ。

大ネタ、何だろう？

ちらりと葦沢を見た。胸がかすかに脈打ってくる。大雪の日にわざわざ札幌まで呼び出すのだ、よほど重大な情報に違いない。

葦沢は森田の横で腕を組み、むくんだ顔で瞑目している。無精ひげが目立つから、徹夜明けなのかもしれない。

「下川って知ってますか？」

森田が両腕を巻きつけるように脇の下に入れて、ひかりに訊いた。

「はい。地名だけは」

「士別《しべつ》よりさらに北の豪雪地帯です。昔は鉱山で栄えたが、いまは過疎化が進んでいる。野村鈴子はそこの出身でね、いまも母親と弟夫婦が住んでいます。葦沢は数年前に鈴子の遺族を訪ねたが、彼ら、事件当時、酷い報道被害を受けたらしくて、ケンモホロロだった」

葦沢が横でパチリと目を開け、口を挟んだ。

「マスコミは村中をうろつき回り、鈴子が小樽で売春してたと言い触らした。鈴子のオヤジがカンカンで、だから会ってもらえなかった」

「ところが、今年の正月、そのオヤジさんが病死した。そこで葦沢は再び下川を訪ねた」

森田弁護士が、ひょいと顔を向けて、葦沢に説明を促した。

「鈴子の弟さん夫婦が会ってくれた。それでいろいろ話が聴けた」

葦沢によれば、野村鈴子は地元の中学を卒業すると、「札幌に行く」と言い残して、家出同然に村を出た。

鈴子は生来奔放な性格で、以来、まったく音信不通となった。事件が起きて警察から連絡が来るまで、両親も弟夫婦も、鈴子に娘がいたことすら知らなかった。

最高裁判決の翌年、二〇〇一年、小樽署が、保管していた二人の遺品を返却すると言ってきた。しかし、激怒していた鈴子の父は断った。さらにその後、警察が証拠品の廃棄同意書に署名するよう求めてきたが、これも無視して、結局そのままになった。

「この話がなぜ、仰天するほどデカいかというと――」

森田弁護士が、ひかりの顔を覗き込んだ。

「遺族が引き取らなかったとすれば、鈴子の遺品は警察に残っている。勝手に処分はできないからね」

「はい」

ひかりにはまだ話が見えない。それが、どういう意味を持つのだろう？

「捜査記録によれば、鈴子と娘の優子の遺体は、小樽署の敷地内に運び込まれ、そこで検視された。検視は、広い場所にビニールシートを敷いて死体から衣服を取り去り、全裸にして医者や検視官が診る」

検視の後、遺体は裸のままシートに包まれて大学病院に送られ、司法解剖される。脱がした衣服などは、その後の捜査に直結するため、警察が署に保管する。小樽署が返却を申し出た遺品というのは、この時の衣服などだ。

解剖所見によれば、鈴子の躰にあった精液は、膣前庭、膣、子宮口の三カ所から採られている。解剖医はコットンで鈴子の膣前庭を拭い、さらにガラス棒を、膣内と子宮口まで差し込んで精液を採取した。

「つまりだ。解剖医は鈴子のお股を拭って精液を採った。この事件は、強姦事件じゃない。性交は合意の上で為された。現に、死体発見時、鈴子はちゃんと服を着ている」

葦沢が割って入った。

「警察が鈴子の遺品を返すと言ってきた時、通知の手紙と一緒に遺品の目録が同封されていた。ネックレスとか指環とかがあって、他は、ワンピースとシャツ、さらに下着まで書いてあって弟は驚いたそうだ。で、探してもらったら、その目録がまだ箪笥の奥にあった」

「それが？」

「パンティが残っているんだよ」森田がポンと膝を打った。

「死体検案書も確認した。確かに写っている」

脳の奥を光が走って、ひかりははっと顔を上げた。

「そう、解剖時にお股に付いていた精液は、当然、下着にも付いている。つまり、鈴子のパンティがあれば――」

「再鑑定ができるっ！」

ひかりは思わず大声を上げた。

「その通り！」

森田弁護士が豪快に笑った。

目の前が眩しいほど明るくなって、躰が浮き上がるようだった。

絶望視されていた精液のDNA鑑定。

再鑑定の結果、もし父と違うDNAと判定されれば、あの晩、「美鈴」にいた男は父ではないと証明される。

冤罪が一気に晴れる！

数秒の間、息を止め、ひかりはぎゅっとスカートの生地を握った。

昂奮は遅れてやって来るものなのか、しばらくして、ガタガタと膝が震え出した。

まさに「有無を言わせぬ爆弾」が見つかったのだ。

森田が満面の笑みで言った。

「我われは、再審請求の申し立てと同時に、下着の開示を裁判所に要請する。検察は再鑑定に反対するだろうが、裁判官が職権でやるだろう」

急に目の裏が熱くなって、ひかりはハンカチを取り出して目頭を押さえた。止めようとしても、涙がどんどん溢れてくる。

「ありがとうございます！　ありがとうございます！」

葦沢が、やったな、という表情で頷いた。


金魚や緋鯉が描かれた厚い和紙の提灯が天井に並び、ぼんやりと店内を照らしている。薄野の端にあるこの居酒屋は、「ベルチャペル札幌」に勤めていた頃、たまに入った店だ。

葦沢は、スルメや塩豆を齧りながら、麦焼酎のロックを小気味よく呑み込んでいく。

夕食は、森田が「お祝いだ！」と言って、階下の「珍来軒」からチャーハンに焼売《シューマイ》がついたセットを取ってくれた。「お祝いがこれかよ？」と、葦沢はむくれていたが。

森田事務所を出て、きょうはこのまま家に帰れないと、強引に誘ったのはひかりだ。

真っ暗な闇の中を、手探りで歩き続けて、ようやく前方に光が見えた。それも、目を射るほどに輝く、強い光だ。

光を探し当ててくれたのは、いま横にいる、このタンクのような男で、八年間、投げ出しもせず、よく調査を続けてくれたものだとつくづく思う。

葦沢のピッチが速いから、ボトルで取った焼酎はすでに底に三センチほど残るだけだ。ひかりも呑んだ。酔いがじんわりと躰に回って、筋肉を強張らせていた昂ぶりが少しずつほぐれていく。

ひかりはさかんに子供の頃の話をした。父が逮捕される前の、幸せだった頃のことを。

「三村工務店」には、ひかりが「お兄ちゃん」と呼んでいた若い従業員が二人いた。二人とも優しい素朴な青年たちで、父は仕事を教え、建築の資格を取るための勉強の面倒も見ていた。母も午後は店に出て、経理や庶務をこなし、「三村工務店」は和気藹々《あいあい》、商いも小規模ながら順調だったようだ。近々、拡張のため店を移転しようかと、夜、父と母が話し合っていたのを覚えている。

父は忙しい中、中古のランクルにひかりを乗せて、よく郊外に連れ出してくれた。小樽は少し走ると、すぐに豊かな原野が広がる。夏は家族で山歩きや川遊び、冬はニセコまでスキーに出かけた。

しかし、楽しい日々は、一夜にして暗転した。

父が逮捕された、二十六年前の三月十五日。小樽はその日、きょうと同じく激しい雪で、気温は氷点下六度まで下がり、積雪はすでに、子供のひかりの肩の高さを超えていた。

午後、突然、母が学校に現れた。

「急用ができたからね、しばらく家に帰れないの」

言いながら、母はひかりを抱いて、何度も髪を撫でた。心ここにあらずといった虚ろな表情。子供心に何かが起きたと感じた。ひかりはそのまま市内の母の友人宅に預けられた。

それから母は、日中はどこかに出かけ、夜、疲れ切った顔で帰って来た。友人のおばさんは親切だったが、ひかりは学校には行かせてもらえず、家からも出ないように言われた。

一体、何が起きているの？

大人たちは答えてくれない。

十日ほど経った夜、おばさんの目を盗んで、小さな懐中電灯を持って、こっそり実家に向かった。

家は、通りに面した「三村工務店」の店舗から一〇〇メートルほど山側に入った、緩い坂の途中にある。懐中電灯で照らすと、門柱の片方が砕かれ、表札がはずされていた。玄関の壁にはペンキがグチャグチャに塗りたくられ、ドアの真ん中に真っ赤な文字が書かれていた。

「ひと殺しの家」

何なの、これ……。

ひかりは立ちすくんだ。

呼吸が苦しくなってきた。

とんでもなく怖いことが起きている……。

踵《きびす》を返して走り去ろうとしたら、躓《つまず》いて転倒した。

雪の中で起き上がり、懐中電灯を持ち上げた時、光の中に奇妙な物を見た。

先が輪になった一本のロープ。

ロープは庭木の枝に、わずかに雪をかぶってぶら下げられていた。

声のない悲鳴が上がり、全身が瘧《おこり》にでも罹ったように慄えた。人間の底知れぬ悪意。ロープの輪はその後いつまでも消えず、ひかりの網膜に焼きついた。

川崎の池上に母とともに転居したのは、その一年後だ。

当時の池上は、在日朝鮮人の家族が多く住んでいた。

母は焼き肉店と惣菜店を掛け持ちで働いた。生活は楽ではなかったが、近所の人たちも似たようなものだった。店が忙しい時には、焼き肉店の片隅で店員たちと一緒に食事をし、近所の家にも茶碗と箸を持って御飯を食べに行った。それが普通のことだった。

そんな環境が幸いしたのか、ひかりは傍目《はため》にはのびのびと成長した。

ただ、ひかりも母も、父のことは固く口をつぐんだ。小樽での陰惨な記憶は、ひかりたちの躰に恐怖となって沁みついていた。

高校生の時、ひかりには同い年のボーイフレンドがいた。

圭介。圭ちゃん。

ひょろりと背の高い、バスケットボール部の副主将。

圭介は、ひかりが青い性の経験をともにし、後に、父のことを打ち明けた、ただひとりの男だった。

〝事件〟は、三年の夏に起きた。

学校帰りに、ささいなことで圭介と喧嘩になった。珍しく激しい言い争いになった。多分、最高裁の審理が始まって、ひかりの心が荒んでいたせいだろう。

圭介の口から、信じられない言葉が投げつけられた。

「お前らの家族、やっぱ、みんなどっか異常なんだ！」

ひかりはしばらく、縛りつけられたように身動きできなかった。ただ声もなく、立ち去る圭介の背中を見送った。

その台詞は、ひかりの心に、いつまでも赤々と血をしたたらせる、深い傷となって刻まれた。

葦沢が、コトリと焼酎のグラスを置いた。

浅く息を継いでひかりを見つめる。

「ごめんなさい、こんな話」

ひかりは努めて明るく言った。

「いや」

「その時ね、自分は一生、この影を引きずって生きていくんだって思ったわ。将来、好きな人ができても、子供ができても、父のことを隠し続けて、いつバレるか、ずっと怯えて暮らさなきゃいけないんだって。ほんとに、真っ逆さまに落ち込んだ」

「だろうな」

「わたし、もし父が本当に罪を犯していたのなら、その影を背負って生きていくのは、やぶさかじゃないの」

葦沢がかすかに首を傾げた。

「でも、事実は違う」

「うん」

「理不尽な影を背負うのは、嫌。父も母も、何も悪いことはしていない。だから、わたしは翳りのない、真っ白な人生を取り戻す。そう心に決めたの」

「……」

「母は、よく笑ったわ。辛いから、笑うしかないというように……」

「……」

「でも、最高裁で死刑判決が出てから、母の顔から笑いが消えた」

ひかりは俯いて、グラスを両手で包み込んだ。

「あの二人にしてあげられるのは、娘のわたしが、翳りのない人生を、胸を張って生きること。ずっとそう思って――」

「……」

「ねえ、聴いてる？」

葦沢の顔を覗き込んだ。

腕を組んで目を閉じている。

葦沢の太い首がガクンと揺れた。

えっ！　まさか……。

顔の前で手を振ってみたが、反応はない。

ひかりは信じられない思いで、肩をすくめた。

寝るかあ？　フツー、この話で……。

ひかりは、不思議な生き物を見る気分で、葦沢の寝顔をしげしげと眺めた。

第三章　攻防

高瀬洋平は、書類の束を抱えて検事正室に入った。

二〇一七年六月二十二日。三村ひかりのバーを訪ねた翌日のことである。

緊急会議は、検事正の黒川が外出先から戻るのを待って、午後五時から開かれる。

次席検事の西尾、公判部長の但馬がすでに奥の会議用テーブルに着席している。

西尾は目を瞑《つむ》り、黙然と腕を組んでいる。その正面では、公判部長の但馬がキョロキョロと眼球を動かし、貧乏ゆすりを続けている。但馬は真っ青なスーツに黄色とグレーの縦じまのワイシャツ、手首に気障なゴールドのブレスレットを巻いている。

きょうの正午、森田逸郎弁護士が裁判所の前庭に記者を集め、即席の会見を行った。森田は三村事件の再審請求を札幌地裁に申し立てたこと、有罪の根拠となったＤＮＡ鑑定の再鑑定を求めること、鑑定試料として、道警が保管している被害者・野村鈴子の下着に付いた精液痕を挙げ、同下着の証拠開示を申請することなどを明らかにした。

〝爆弾〟は、想像以上に強烈だった。

もし、MCT118《エムシーテイーいちいちはち》鑑定が誤りだったら……。

高瀬は寒気が走るのを感じた。

その場合は、事件当日、スナック「美鈴」には第二の男がいたことになる。三村の犯行とした原判決は崩れ、冤罪死刑が確定する。検察庁は地獄に堕ち、日本の刑事司法が瓦解する。扉が開いて、検事正の黒川が入って来た。厳しい表情。かっちりと着こなした黒の背広が、この男をいつもよりさらに冷たく見せている。いま、黒川の双肩に、検察、いや全司法の命運がかかっている。

黒川は手提げ鞄を自分のデスクに置くと、テーブルの中央に座った。卓上で指を組み、しばし思考をまとめるように、視線を中空にさ迷わせる。

「……で、ブツはあるのか？」

天井を睨んだまま黒川が口を開いた。

ブツは鈴子の下着だ。二十八年前のピンク色のショーツが、いま、検察庁を崖っぷちに追い詰めている。

「はい」高瀬は手元の資料を見ながら答えた。

「死体検案書をチェックしましたが、確かに記載されています。しかし、検察にはブツは送致されていません」

「なに？」

黒川と西尾が同時に顔をしかめた。

重要証拠は、通常、検察が管理する。高瀬は当時の「証拠金品総目録」を調べたが、ショーツは載っていなかった。

「事件当時、警察が重要と考えず、検察に送致しなかったんでしょう。強姦事件でもなく、精液等は解剖で採取されていましたから」

チッと舌打ちしてから、西尾が念押しした。

「道警がずっと保管していたということだな」

「はい。野村鈴子の遺族が引き取りを拒否した後もです。目下、保管場所を確認中です」

黒川がゆっくりと高瀬に視線をすえた。

「念のために訊くが、ブツを再鑑定した場合、どうなる？　つまり本件のＭＣＴ１１８鑑定の信頼性だ」

「率直に言って不安があります。科警研の元技官二人を聴取しました。主任だった生井響子と助手の田中義一。田中の証言では――」

高瀬は田中義一の証言内容を説明した。

フーッと、黒川と西尾が同時に太い息を吐いた。

重苦しい沈黙が部屋を覆った。

やがて、黒川がポツリと言った。

「再鑑定は……、できんな」

ちらりと西尾を見る。

西尾が大きく頷いた。

できん？

高瀬は眉を寄せた。

と言ったって、どうしようもないじゃないか。ブツがある以上、検察が反対しても、裁判官が職権で鑑定する。

「保管場所を確認中、と言ったな」

黒川が光る目を向けた。

「はい」

「どういうことだ？」

「ブツは小樽署が舎屋を改築する際に、一旦、道警本部に移されました。そこからさらに証拠品管理センターに移動したとみられます。しかし、センター内のどこに保管してあるのかがまだわかりません。警察庁が証拠品の管理システムを導入する前の、なにしろ古い事件ですから。もちろん、至急、捜すよう指示しました」

証拠品管理センターは札幌市の隣、北広島市にある巨大な建物だ。無数の事件の証拠が蓄積され、量は膨大だ。

「つまり――」黒川の唇にうっすらと笑いが浮いた。「見つからない、ということもあり得るわけだ」

「は？」

「なるほど！」

横合いから、但馬が頓狂な声を上げた。「高瀬君、それだよ！　すぐ道警にこのニュアンスを伝えるんだ！」

「はあ？」

「何が、はあ？　だ。捜せと言いつつ、言外に捜すなと含ませる、そうですな、検事正？」

黒川が苦い顔で頷いた。

話がようやく呑み込めて、高瀬は啞然とした。

敢えて、見つけさせないというのだ。

ブツは歴《れっき》とした証拠品だ。廃棄したり隠したりすれば、即、証拠隠滅の罪になる。だが、

「不見当《ふけんとう》」、見つからないというのであれば仕方がない。

「いや、しかし……」

高瀬は口ごもった。「証拠が提出できないとなれば、その時点で敗けかと」

黒川が首を振った。

「普通はそうだ。だが、本件に関して言えば違う」

高瀬は、検事正の顔をまじまじと見た。

確かに、本件は違う。なにしろ、殺しちまっているのだ。最悪の誤謬だ。証拠が出ないからといって、あっさり、では冤罪死刑を認めましょう、とはならない。裁判所は、可能な限りブツの発見を待つだろう。場所がわからない限り、弁護側も証拠保全を請求できず、裁判所も差し押さえようがない。

西尾が付け加えた。

「失くしたと言ってもダメだ。こっちの失態になる。あくまで捜索中だ。『不見当』のまま稼げるだけ時間を稼げ。その間に、打つ手を考える」

「しかし……」

所詮、その場逃れの弥《び》縫《ほう》策、いずれ破綻がやってくる。法廷は、国会などと違って、政治の攻防の場ではない。真実を追求する場なのだ。

「いいな?」

西尾が押し込むようにぐいと睨んだ。「気をつけろ。お前がブツを見たらアウトだ。大阪の二の舞になる」

大阪地検の証拠改竄《かいざん》事件を指している。二〇一〇年、厚労省の不正事件を調べていた特捜検事が、当時の女性局長を陥れるため、証拠であるフロッピーディスクを改竄した。世論は沸騰、検事は逮捕された。高瀬がショーツを見た瞬間に、検事による証拠隠滅になる。

「わかりました」

高瀬は頷いた。

「ブンヤは?」

黒川が西尾に顔を向けた。

検事の間では、記者は新聞、雑誌、テレビを問わず、すべてブンヤと呼ぶ。

「各紙、きょうの夕刊に出ます。東日は扱いがデカいでしょう。他に『月刊札幌』が明後日発売の号で詳細を報じると」

「記事に注意しろ。妙な尾ヒレをつけたクラブ加盟社は即、出禁。東日の制裁は?」

黒川が高瀬に訊いた。

「司法と道警の両クラブで特オチさせています。今後も続けます」

「東日はどういう奴だ？」

「江藤巧。地方採用の編集委員です。司法畑が長い」

西尾が答えた。

「ふーん……」黒川が指先で顎を撫でた。「あそこの支社長は東京の政治部出身だったな」

黒川は政治好きだ。永田町に手を回すのだろう。

「よし。次は法廷戦術だ。西尾次席と高瀬君で詰めてくれ。庁内と道警の箝口令を徹底させろ。本件は以後、この四人だけで話す。他者の関与は無用。以上だ」

黒川が背を椅子にもたせて息をついた。


高瀬は会議後、直ちに道警に向かい、寺内捜査一課長と面談した。

隠せとも、捜すな、とも言えない。慎重に言葉を選んで、と思った直後、寺内がぬっと一枚の紙片を突き出した。

《照会報告　事件番号００１４　証拠物件（証拠番号　ロ－０６５７　被害者下着）の保管場所　証拠品管理センター五階資材庫　28列　イ－３》

高瀬は目を閉じた。ブツはすでに見つかっていた。

紙片を受け取り、握り潰して上着のポケットに入れた。一瞬、躰が固くなった。

「これは、なかったことにして頂きたい」

「は？」

寺内の眼許が歪んだ。

「ブツが見つからない、そういうことも、あり得ますよね？」

含みのある目を寺内にすえた。

一課長は沈黙した。そして数秒後、そのいかつい顔いっぱいに、嘲るような笑いが広がった。

「なるほど……」

高瀬は寺内から顔をそむけた。

「検察は、そういう腹ですか。わかりました。全力で捜しますよ」

寺内の喉がククと鳴った。

地検にとって返すと、高瀬は裁判官リストを引っ張り出した。訴訟は、裁判長の指揮で大きく変わる。

再審請求審は確定判決を出した裁判所が担当すると、刑事訴訟法で決められている。三村事件は、一審の札幌地裁小樽支部の判決を、高裁、最高裁が支持しているから、一審判決が確定判決となり、請求審は札幌地裁小樽支部が審理する。

小樽支部は、刑事民事合議係、刑事一係、民事一係の三係しかない小世帯だ。再審請求審を担当する裁判長は、支部長の天道正、六十三歳。陪席は四十代の男性判事と三十代の女性判事だ。三人とも高瀬は面識がない。

天道正。

嫌な名前だ、と高瀬は思った。まるで正義の権化みたいだ。不吉な予感がした途端、

「天道には気をつけろ」

突然、頭の上で声がした。

見れば、但馬がズボンのポケットに手を突っ込んで立っている。

呑みに出かけるのか、ネクタイをはずし、透明な花柄のストールを首から垂らして、アラミスの匂いをプンプンさせている。

「というと？」

高瀬は背を起こした。

「この歳で支部の裁判長、〝リゾート裁判官〟の典型だ。まして定年前だ。がっちり貯め込み、怖いものナシ、何を言い出すかわからんぞ」

リゾート裁判官とは、出世コースをはずれた判事のことで、地方を転々とすることからこう揶揄される。だが、最高裁事務総局の堅牢な管理体制から弾かれるのは、往々にして、無

能というより硬骨漢が多い。おまけに定年前であれば、次のポストを気にすることもない。但馬が案じるのはそのことだ。

「いいか」

いつものにやついた顔を怖いほど引き締め、ガラリと違う口調になって但馬が言った。

「請求審で躓けば、間違いなく法務大臣の首が飛ぶ。黒川だけじゃない、俺もお前も、検察にはいられない。わかっちゃいるだろうが、そのつもりでな」

吐き捨てて但馬は踵を返した。

わざわざ何を言いに来たのか。恫喝めいた物腰で。要は、但馬は自分のことしか考えていない。検事の職にしがみつきたいだけだ。定年まであと三、四年。勤め上げれば七〇〇〇万円余の退職金を手にできる。

しかし、彼らは……。

検事正の黒川と次席の西尾の顔が浮かんだ。

彼らは違う。二人とも筋金入りの検察至上主義者だ。なりふり構わず、組織防衛に命をかけるだろう。

検察か……。

高瀬は振り切るように顔を振った。

いまの検察のあり方には、若手の検事を中心に疑問の声が強い。大阪地検の証拠改竄や裏金問題は、組織への不信を生み、いまも庁内に澱《おり》のように沈殿している。強引な国策捜査への批判は強いし、逆に首相側近の大臣や、原発関係の大企業を不起訴にした姿勢にも、不満が燻《くすぶ》っている。

そうした声には高瀬も共感する。しかし、だからといって、検察の威信が傷つき、力が失われてよいというわけでは決してない。何といっても、検察庁はこの国の法治の要だ。冤罪死刑を認めることは、検察を貶め、法治の危機を招来する。

自分も検察の一員なのだ。その権威と権限は、何をおいても守り抜かねばならない。

八月の小樽は観光客で溢れ返る。白つめ草が群生した手宮線の線路跡から、海沿いの運河にかけてはもちろん、山側の、緑に覆われた小樽公園の辺りにまで、デイパックを背負い、ガイドブックを手にした人々が徘徊する。

札幌地裁小樽支部は、小樽公園に面した、こぢんまりした建物だ。

三村事件の再審請求審は、七月中に弁護側が出した再審請求書に対し、検察側が数通の意見書を提出し、裁判官、検察官、弁護士による三者協議に入った。

請求審は非公開だ。法廷ではなく、裁判所の会議室で行われる。判事たちも法服を脱いだ背広姿で、協議自体も法廷での固いやり取りに比べれば、ラフな言葉で交わされる。

裁判長の天道は、もみ上げまでが真っ白な見事な白髪で、鼻と口が大きい、いかにも頑固そうな面貌だ。

楕円形の会議用テーブルの中央に三人の判事、右隅に森田弁護士、左隅に高瀬が着席している。エアコンが古いのか、時折、ブルブルとファンが震える音がする。

「検察官、被害者の下着は見つかりましたか？」

協議の冒頭、天道が白髪頭を傾げて訊いた。

「いえ。鋭意、捜索中です」

高瀬は顔を伏せたまま答えた。

「すでに一カ月以上経ちますが？」

やわらかな老人の声がした。

「鋭意、捜索中であります」

「おかしいですな」

金属的な甲高い声が割り込んだ。目を上げると、らっきょうのような森田の顔がある。

「こんなに時間がかかるのは、意図的に出さない、そう勘ぐらざるを得ない」

眼鏡の奥の両眼に、露骨に侮蔑の色が浮いた。

「保管状況が十全ではなかった点は遺憾です」

「隠蔽は、犯罪ですよ」

「弁護人」

天道が軽く森田を制した。

森田が背筋を伸ばして天道に躰を向けた。

「裁判長、検察官が重要証拠を出せないというのであれば、有罪の証拠からDNA鑑定の部分を排除し、直ちに本件の再審を開始すべきと思料します」

「いや、出せないとは言っていません。鋭意、捜索中であります」

今度は高瀬が割り込んだ。こう言い続けて時間を稼ぐ。それが作戦なのだ。

「証拠の発見を待ちましょう、検察官は捜索を急いで下さい」

天道が、森田の主張を退けた。

「わかりました」森田は顔をしかめて了承した。「ところで裁判長、MCT118鑑定の信頼性がすでに崩壊していることは、広く認知されているところでありますが、それに加えて、実は本件の鑑定は、個別的にも極めて歪んだ形で行われました」

「歪んだ、というと？」

天道が眉を寄せる。

「不正鑑定ということです。それを立証するために、弁護側としては、事件当時、助手として本件の鑑定に当たった科警研の元技官、田中義一の証人尋問を申請します」

高瀬はぎょっとなって森田を見た。

田中義一。

なぜ、田中が……。

田中は、裁判で証言する意思はないと語っていた。しかも、但馬が東京に手を回して、教授のポストで口止めしたはずだ。

「異議あり！　その必要を認めません！」

高瀬は大声を張り上げた。

田中の尋問はなんとしても阻止せねばならない。

天道が顔を左右に動かし、両脇の陪席と協議を始めた。

「重ねて異議を申し立てます！」

不正鑑定が認定されれば、たとえショーツが出なくとも、十分、再審開始の理由になる。

三人の判事がひそひそ話を終えた。

「尋問を認めます」

天道が森田に向かって宣言した。

「どうなってんだっ！」

腹の底から叩きつけるような怒声が、検事正室に響き渡った。

西尾次席の前には、血の気を失い、罪人のようにうなだれた公判部長の但馬がいる。

「田中には、口止めに名東大学の教授の口を斡旋したはずですが……」

「誰が？」

「最高検の伊勢――」

但馬は最高検次長検事の名を出した。どうやら、そいつが但馬のコネらしい。

「で、奴は受けたのか？」

「いえ、そこまで確認は――」

但馬の唇が慄えた。

西尾が絶望で首を振った。

高瀬も苦く息をついた。「任せろ」と言った挙句がこのザマだ。

〈裁判所なんか行きませんよ。関係ないからね。正直、警察やあんた方に関わるのは、もううんざりだ〉

そう言った田中義一の顔が浮かぶ。田中は〝餌〟を蹴ったのだ。

研究者としての田中は不遇だ。名東大は名門、しかも教授だ。その椅子が欲しくないはずはないのだが。

「生井響子を反証に立てられるか？」

西尾が高瀬に目を向けた。

「生井は、以前は証言に前向きでしたが、田中の登場を知って渋り出しました。強引に出しても――」

「ふーん」

検事正の黒川が唸った。指先でコツコツと机の上の書類を叩く。

見れば、森田弁護士のファイルが広げてある。

「止めた方がいいだろうな。森田はMCT118に精通している。生井が突《つっ》き回されて、藪蛇になりかねん」

高瀬は黒川の方へわずかに身を乗り出した。

「生井響子がデータを捏造したという田中の話は、推測の域を出ません。密室で何が起きたのかは、立証のしようがない。田中の証言には信憑性がない、それで押し切るしかありません」

「そうだな」

黒川が苦い顔で頷いた。

「次だ、次！　次の打つ手を考えろ！」

西尾が、忌々しげに但馬を睨んだ。


請求審は三週間に一回のペースで、金曜日の午後一時から開かれる。昼食後のけだるい時間だが、小樽支部三階の会議室は空気がピンと張り詰めている。

控室には、すでに田中義一が待機している。

「下着は発見できましたか？」

天道が高瀬に訊く。

「いえ。鋭意、捜索中であります」

毎回繰り返されるこの問答が、請求審のオープニングだ。

田中義一が入室し、弁護側の尋問が始まった。

田中は以前と同じ、ヨレッとしたチェックのジャケット姿だ。

「まず、ＭＣＴ１１８鑑定とはどのようなものか、手短に説明して下さい」

森田が、幾分芝居がかった大声で訊く。田中がすっと立ち上がり、驚くほど明瞭な声を発した。

「ごく大雑把に説明すると、抽出したＤＮＡを特殊な溶液に入れて、弱い電気を流します。ＤＮＡはその特性からプラス極の方へ泳ぎ始める。小さなＤＮＡは遠くまで泳ぎ、大きなＤＮＡは身重だからそれほど泳がない。この〝泳動《えいどう》〟の距離を、マーカーという物差しで測る。泳いだ距離が同じなら同じ型のＤＮＡと判定します」

「事件当時、あなたと生井響子氏が行った鑑定は、実はひどく難航した。それは事実ですか？」

「事実です。三日徹夜で十回も実験しましたが、その度に値が違い、正確なデータが取れませんでした」

「なぜですか？」

「本件に限らず、ＭＣＴ１１８の実験は難航することが多い。第一の原因は、ＤＮＡを泳がす溶液にあります。これは寒天みたいなもので、表面に歪みやデコボコができ易い。少しでもデコボコがあると、ＤＮＡが泳いだ距離は正確に測れない。真っ平らな寒天を作るのはベテランでも難しい」

「他の原因は？」

「距離を測るマーカーって物差しもダメでした。わかり易く言えば、一センチ単位のものを測りたいのに、物差しの目盛が八センチだった」

「他には？」

「ＤＮＡの同じ型の中にシャドーと呼ばれるサブタイプが現れることがある。ＤＮＡの型は例えば、十五型－26、十六型－30というふうに分かれるのに、十五型－26ａ、十五型－26ｂというように二つのタイプが出る。どちらが本物かわからなくなる」

「ふーん。ＭＣＴ１１８は、もともとそうした不確実性、つまり欠点を持った鑑定法だった、そういうことですか」

「はっきり言って、子供のおもちゃ以下の代物でした」

「欠陥鑑定、という評価についてどう思いますか？」

「そう言い得ると考えます」

高瀬は気分が悪くなってきた。

森田は、生井響子の捏造疑惑から入らず、まずＭＣＴ１１８そのものの欠陥性をアピールしている。欠陥ゆえに鑑定が難航、技官が追い詰められたと、捏造の構図を描こうとしている。

森田の尋問は、いよいよ生井響子の行動に移った。

田中は、問題のデータは生井響子が田中の不在時にひとりで出したこと、試料は追試をさせないため廃棄した疑いがあること、実験ノートを見せなかったことなど、一連の不審な行動を赤裸々に証言した。

「データは、捏造された疑いがある、そうお考えですか？」

森田が確かめるような語調で訊いた。

「異議あり！」

高瀬は割り込んだ。

「弁護人は証人を誘導しています」

「認めます。弁護人は質問を変えて下さい」

天道が促した。

「では、不自然な印象を抱きましたか？」

「不自然どころか、捏造だとはっきり思いました」

田中が語気を強めて言い切った。

「尋問を終わります」

森田が勝ち誇ったように高瀬を見た。

天道裁判長と目が合った。突き刺すような厳しい視線に、高瀬は思わずたじろいだ。

検察側の反対尋問は早々に切り上げたが、その後の、裁判官らによる尋問の時間は、高瀬にには針のむしろだった。

天道は、田中に、溶液やマーカーについて微に入り細に入り質問した。さらにMCT118についての科警研の見解の妥当性、実験時の生井響子と交わした会話などについても詳細に訊き、尋問時間は優に二時間を超えた。


「検事さん」

協議が終わって、小樽支部の玄関に下りた時、背後から呼ぶ声がした。

振り向くと、田中義一が立っている。高瀬は、引きつる顔でようやく笑った。

「やあ」

「あんたには、先日、しこたま焼酎をご馳走になったんでね、一応仁義を切ろうと思ってね」

「それは……、どうも」

「名東大学の話、断った」

「ええ」

「……」

「あんたらが余計なことをしなけりゃ、俺がここに来ることはなかった」

「俺は、元来、関係ないことに首を突っ込むタチじゃない。だがね、あの話を聞いた時、気が変わった。俺がホイホイ餌につられると思ったかい？」

「……」

「検事さん、一言だけ言っておく。あんたら、あんまり人間を舐めん方がいいよ」

田中がくるりと背を向けて歩き出した。

くたびれたジャケットの後ろ姿が、角を曲がって足早に消えた。


その晩、高瀬は次席検事の西尾の部屋に呼ばれた。

きょうの田中の尋問については、すでに報告している。西尾がわざわざ自分の部屋に呼んだのは、但馬を外すためだろう。西尾はもともと但馬が嫌いで、田中の件で堪忍袋の緒が切れたのだ。

「柱はもう一本ある」

西尾が缶ビールを片手に言った。

「はい」

三村の車が深夜まで「美鈴」の脇に駐まっていたという近松五郎の証言だ。

「弁護側は、おそらく、田中の次にタクシー運転手の横山を喚問する。その前に近松をぶつけて先手を打て」

「はい」

すがる柱は、もうそれしかない。

※

光量の乏しい街灯に「水道救急隊」の幟が滲んでいる。

高瀬と西尾が話し合っているちょうどその頃、小樽市の南部、奥沢の小路に、モスグリーンの軽自動車が滑り込み、ライトを消して停止した。

後部座席にひかり、運転席に葦沢、助手席には長身を窮屈そうに折り曲げた中年の男がいる。

江藤巧。

東日新聞北海道支社の編集委員だ。

近松五郎の店が三〇メートルほど先に見える。

「店の向こうの脇道を五メートルほど入ると、別棟の住居のドアがあります。インターホンで呼び出して下さい」

葦沢が早口に言った。

「わかった」

江藤がぼそりと答えて車外へ出た。薄手のジャケットの裾を手ではたき、縮んだ四肢をほぐすように伸ばして、ようやくゆっくりと歩き出す。

「大丈夫かな？」

ひかりは首を伸ばして、前の座席の葦沢を覗き込んだ。

葦沢が鼻に皺を寄せた。

「ケッ。不安がいっぱい胸いっぱいだ。見ろ、あのヨロヨロした足どり。あれで昔は北大の山岳部だったってんだから、歳はとりたくないもんだ」

江藤巧は森田弁護士の昔からの呑み仲間で、これまでもコンビで幾多の事件を報じてきた。今回も《三村事件、再審請求へ》に始まる一連の記事で、広報戦略に一役買っている。もっとも、葦沢に言わせれば、「社名に胡坐《あぐら》をかいた新聞官僚」ということだが……。

江藤の後ろ姿が、薄闇の中に溶けるように消えた。

ひかりはドキドキしてきた。

果たしてうまくいくだろうか？

葦沢が〝作戦〟を明かしたのは昨日、森田事務所で昼食を取っていた時だ。ひかりは蕎麦を、葦沢はウニ丼の大盛りをぱくついていた。

「検察は必ず近松を喚問する。となれば、奴はきっと動く」

葦沢が箸を止めて、茶を呑んだ。

「動くって？」

ひかりも茶を啜る。

「近松がウソの証言をしたのは高裁の法廷が最後だ。もう二十年近くも前になる」

「だから？」

「事実なら覚えているさ。けど、ウソのストーリーだ、二十年も経てば忘れちまう。でもまた証言せにゃならん、さあ、どうする？」

「どうしよう？　どうするかな？」

「ふふ。正直に、昔のことなので忘れちゃいましたって言えばいいのさ。だがね、奴はそうしない。疚しいゆえに、あたふたする」

「うん」

「で、ストーリーを確かめに、それを作った奴に会いに行く」

「そうかあ！」

「事件当時、捜査員の誰かがストーリーをでっち上げ、近松にその通り証言をするよう唆《そそのか》した。それが近松証言だ」

「なるほど。偽証のからくりが暴けるかも」

「俺は近松に何度も会ってる。奴は態度はデカいが、根は小心。動揺して必ず動く」

葦沢が再びウニ丼をぱくつき出した。

葦沢は過去八年の間に近松に十回以上アタックし、蛇蝎《だかつ》の如く嫌われている。最後は生ゴミをぶっかけられたそうだ。そこで今回は、江藤に代役を頼んだのだ。江藤は取材を装い、近松に「間もなく裁判所から喚問される」と吹き込む。泡を食ってストーリーの作者に会いに行く近松を、葦沢が尾行する。それが作戦だ。

数分後、闇の奥から江藤が現れた。長い脚を投げ出すような歩き方で、車に戻って来る。

「どうでした?」

「上々だね。奴《やっこ》さん、初めはケンモホロロだったが、喚問と言った途端、ビビり上がった。案外、キミの思惑通りかもしれんよ」

江藤は、当初、葦沢の作戦に首を傾げていたが、近松の反応に考えを変えたようだ。

携帯でタクシーを呼び、葦沢を残して江藤とともに店を離れた。

葦沢はこれから、ひとりで近松を張り続ける。

タクシーのシートに身を沈めて、横に座った江藤を見た。

長い顔に、疲労の色が浮いている。

江藤がポツンと言った。

「葦沢の奴、なんか、えらい張り切ってるな」

ちらりとひかりを見る。

「いつも熱心なんじゃないですか？」

「そうでもないさ。気が乗らねえと、豚のように鈍くなる」

「葦沢さん、江藤さんのことを心配してました」

「ありゃ、奴が俺のことを？」

江藤が目を丸くした。

「ええ。検察の圧力が凄くて、新聞社の中で江藤さんが孤立してるって」

「フン、そりゃ心配じゃなくて、野郎、俺が腰砕けになるかもしれんと、不安がいっぱい胸いっぱいとか言ってんだろう。余計なお世話だ。うるせえ奴らがいるのは事実だがね、心配いらんよ」

江藤が緩くウェーブした髪を、長い指で掻き上げた。

「再審になれば、天地がひっくり返る大ニュースだ。社としても、そうそう簡単に撤退はできんさ」

「……」

「大丈夫。安心して見ていなさい」

江藤がにっこり微笑んだ。

※

近松五郎の尋問は、二週間後の金曜日に行われた。

高瀬は前日、近松を地検に呼び、入念に「証人テスト」を行った。証人テストは、検事による証言の予行演習のようなもので、刑訴法で認められている。

近松の目撃証言は最後の柱だ。是が非でも成功させねばならない。

《店の裏口から一〇〇メートルの巻尺で、三五・二メートルの地点に巡査を立たせ、前照灯をハイビームにした車で時速三〇キロメートルにて……》

高瀬は、事件当時の実況見分調書と突き合わせながら、同じ内容を繰り返し質問した。近松は、大抵のことは忘れたと言うものの、肝心な車種、車の色、「三村工務店」という横腹に書かれた店名、自車の速度などについてはよどみなく答えた。予行演習は上々の出来だった。

もう二十八年も前のことだ。些末なことを忘れたというのは自然で、むしろ真実味が窺える。裁判官もそう受け止めるだろう。

証人テストの甲斐あって、近松はきょうの本番でも、落ち着き払って証言し、高瀬はほっとして尋問を終えた。

弁護側の反対尋問に移った。

森田は捜査記録に目を落としながら訊いた。

「当時、あなたを聴取した警察官は、この二名ですね？」

調書に記された刑事の名前を読み上げる。

「はい」

近松が神妙な顔つきで答えた。

「この二人以外に、当時の捜査員で、いまも懇意にしておられる方はいますか？」

「いいや」

近松が首を横に振った。

「本当ですか？」

森田の目が底光りした。

「はあ？」

「先週の火曜日、夜八時、あなたは薄野の『筑前』という小料理屋に行きましたね？」

「……」

近松の眼球が動揺で小刻みに動き出す。高瀬に嫌な予感が突き上げた。

「そこで誰と会いました？」

「裁判長！」

不安に駆られて高瀬は割り込んだ。

「弁護人の質問は、本件と関係ありません」

「弁護人は質問を続けて下さい」

天道が却下した。

「誰と会いました？」

森田が繰り返す。

「……」

「宇崎秀夫元警視。三村事件の捜査班長だった人物だ。彼と会いましたね？」

高瀬はガン！　とハンマーで脳天をブチ割られた気がした。

宇崎秀夫！

網膜に、浅黒い、ひき蛙を思わせる顔が現れた。

なんで、なんで、突然、宇崎が出て来るんだ！

「会ってません」

近松が激しく首を横に振った。

「本当ですか？」森田がニヤリとした。

「この写真はどういうことですか？」

Ａ４サイズに引き伸ばされたカラー写真を、森田が胸の高さに掲げた。

高瀬は息が止まった。

小料理屋らしきテーブル席に、宇崎と近松が向き合って座っている。

森田は写真を突き出し、裁判官たちに、たっぷりと見せた。

「この写真は先週の火曜日に、当事務所の調査員が撮影したものです。証人の向かいに座っているのが、元道警警視、宇崎秀夫氏であります」

判事たちが身を乗り出して写真を凝視している。

「近松さん、なぜウソをつくんですか？」

「いや……」

近松は言葉に詰まり、俯いた。

「なぜ宇崎氏と会ったんですか？」「目的は何ですか？」「宇崎氏と知り合ったのはいつですか？」「どこでですか？」

森田が執拗に攻め始めた。

近松はしどろもどろで答えに窮する。

高瀬は愕然として椅子に背を倒した。

なんてことだ……。

近松が、宇崎の指示で偽証した疑いが濃厚になった。

検察の最後の柱が崩れようとしている。

「裁判長」

森田の冷徹な声がした。「弁護側としては、次の審理に、北海道警元警視、宇崎秀夫の証人尋問を申請します」

「異議あり！」

「尋問を認めます」

天道が、咎めるような視線を高瀬に向けた。

検察は崖っぷちの際の際、すでに足の裏半分が空中に突き出た状態にまで追い詰められた。

高瀬は悪い夢でも見た気分で次席検事の部屋にいる。

「そう落ち込むな」

西尾が缶ビールを呑みながら言う。すでに随分呑んだのだろう、目の周りが赤らんでいる。但馬と違って、西尾は外では滅多に呑まない。呑むのは庁内か家。昔ながらの検事気質だ。

高瀬もビールを舐めたが、苦いだけで味もしない。こんな時に泰然としていられる西尾は、よほど肝が据わっているのか、それとも、もう腹を括ったのか。

請求審が終わった直後、高瀬の連絡を受けて、西尾は道警に飛び、警務部長と善後策を協議した。宇崎は体調不良を理由に、取りあえず次回の証言は断ることになった。しかし所詮一時しのぎ、いずれ出廷せざるを得ない。

「宇崎だって元刑事だ。易々と工作を認めるわけじゃない。のらりくらりと言い逃れるさ」

「はあ……」

高瀬にはまったくそうは思えない。森田は老練な刑事弁護士だ。錐のように鋭く宇崎を突つき、挙句、立ち往生させるだろう。

当時、宇崎は上からの圧力で解決を焦ったのだ。しかも、ＤＮＡの鑑定結果から、三村がホシと確信していた。その確信が……。

「この先、だな」

ぐびりと喉仏を上下させて、西尾がビールを呑み下した。

ムッとした。〝この先〟は、わかり切ってるじゃないか……。

きょうの審理が終わる直前、森田はもうひとり、証人を申請した。

本間周平東都大学教授。

法医学が専門で、ＤＮＡ鑑定の第一人者だ。足利事件の再鑑定人のひとりでもあった。森田は田中義一の証言で露呈したＭＣＴ１１８の欠陥性を、本間の口からも証言させるつもりなのだ。

天道は本間の証人喚問も認めた。

この訴訟指揮を見れば、検事なら誰でもわかる。裁判長は明らかに、弁護側の主張に傾いている。このまま進めば、最悪の場合、天道はショーツの発見を待たずに再審決定に踏み切るだろう。

「打つ手なしです」

高瀬は短く答えた。

西尾が新たな缶を手に取り、太い指でプルタブを引いた。

「打つ手なし……か。他の事案ならそれでいい。気持ちよく負けてやることもあっていい。だがな、本件はそうはいかん」

眼がギラリと光った。

「高瀬」

「はい」

「きょう、黒川さんが東京に飛んだ」

「はい」

高瀬が小樽から戻るのと入れ違いに、検事正は慌ただしく東京に出張した。

「誰と会ったと思う？」

次席は、企みを秘めた目つきだ。何かを匂わせている。おそらく黒川は、次の「打つ手」を協議しに東京に行ったのだ。

「さあ……誰です？」

検事正がこの件で会う人物といえば検察の幹部だ。しかし、それならわざわざ訊く必要もない。

「法務大臣？」

そのクラスが出て来てもおかしくない状況だ。

「ふふふ」西尾が首を横に振った。「あんなもの、ただの神輿《みこし》だ。何ができるわけでもない」

「はあ」

「まあ、いまは言えん。ただ、我われ以上に再審を阻止したい連中がいるってことだ」

西尾が含むように笑って缶ビールを口に当てた。

「それよりも、高瀬。お前がすべきことは、天道に絶対結審させないことだ。奴らが合議に入ったらアウトだ」

合議に入ったらアウト……。

どういうことだ？

天道が審理の終了を宣言した場合、二人の陪席とともに直ちに合議に入り、その後、請求審の「決定」を書き始める。

検事正たちが何を企んでいるのか、漠として摑めないが、ここは下命に従うのみだ。

「わかりました。必ず」

「それでいい」

西尾が目尻を下げた。

※

十月の半ば、小樽は紅葉も終わりに近づき、街に漂う冷気には、冬の鋭さが感じられる。

請求審はその後、本間周平東都大学教授、元タクシー運転手横山健一の尋問と、弁護側のペースで進んだ。

ひかりは審理が終わる度に、森田から詳細な説明を聞いた。

ＤＮＡ鑑定の第一人者とされる本間教授は、東京から一メートル四方のパネルを数枚持ち込み、ＭＣＴ１１８の欠陥性をわかり易い言葉で説明したという。鑑定への不信が一層深く、決定的になった。

また、横山の証言によって、事件当夜、スナック「美鈴」にいた第二の男の存在が浮かび上がった。

天道裁判長は、審理の冒頭で、必ず「例の下着は？」と検事に訊くが、その声も最近は苛立ちを超えて、諦めの色が滲み始めているという。

森田が微笑みながら言った。

「下着の発見を待たずに結審する可能性が高まっている。その場合は、間違いなく再審開始だ」

胸に喜びが湧き上がり、ひかりは背骨の辺りが痺れる気がした。心が弾み、冬が迫っているのに、まるで春に向かっているようだ。

もうすぐだ！

もうすぐ、父の冤罪は晴れる。

そして、すべてが新しく始まるのだ！

森田や江藤、葦沢たちも、昂奮している。冤罪死刑が認められれば、日本の法曹界は、それこそ天地をひっくり返したような騒ぎになる。法務大臣、最高裁長官、検事総長らのクビが飛ぶ。死刑制度の見直しはもちろん、警察、検察の捜査のあり方、証拠の扱い、裁判の進め方、冤罪の防止策など、刑訴法の改正に話が進む。日本の硬直した司法制度に風穴が開く。その意味はあまりに大きい。


どこかで雷鳴が聞こえた気がして、テーブルを拭いていたひかりはつと指を止めた。

だが、窓の外には青空が広がっている。

気のせいだろうか……。

次の瞬間、森田事務所の扉がカチャリと開いて、蒼白な顔をした江藤巧が姿を見せた。十月二十日の午後四時過ぎのことだった。

「森田さんは？」

江藤はひかりから目を逸らして訊いた。

ひかりは、奥のパーティションで仕切られたスペースにいる森田と葦沢を呼んだ。

応接セットに四人が座った。

「これを」

江藤がＡ４サイズのコピー用紙を森田に差し出した。

眼鏡をはずして見た途端、森田の顔がみるみる強張っていった。

葦沢が肩越しに覗き込む。

その眼も、驚愕に見開かれた。

「やりやがったな」

森田が痩せた躰に巻きつけるように腕を組んだ。

江藤が黙って頷く。

「こんなん、ありかよ！」

葦沢が泣き出しそうな声を上げた。

森田がひかりに紙片を差し出した。

《最高裁人事　二〇一七年十一月　十一月一日付　宇都宮地・家裁判事（札幌地裁小樽支部長）　天道正》

《最高裁人事　二〇一七年十一月　十一月一日付　札幌地裁小樽支部長（最高裁調査官）　蜷川巌《になががわいわお》》

目が貼りついたように、紙から離れなかった。

裁判長が替わる。天道裁判長が。

ひかりは呼吸が苦しくなった。

「ここまでやるとはな。連中、なりふり構わずだ」

江藤が苦々しく言って、ひかりに目を向けた。

「裁判官たちの人事は、最高裁の事務総局が握っている。彼らは、裁判の流れを見て、このままでは天道さんが再審決定を出すと危惧したんだ。天道さんは、圧力に屈するタマじゃない、定年前で出世の欲もない。そこで無理やりに異動させ、後釜にバリバリの体制派を送り込んだ」

葦沢が吐き出すように言った。

「再審を阻止したいのは、検察だけじゃない。いよいよ最高裁が動き出した。死刑判決を下した最大の責任者は、最高裁だからな」

「そんな……裁判所までが……」

検察はともかく、裁判所がそこまでするとは、ひかりにはにわかに信じ難かった。

「勝手に裁判官を替えるなんて、そんなことできるんですか！」

「判事が途中で人事異動することはままある。しかし、裁判の流れを変えるための、こんな露骨な人事は聞いたことがない。連中は恥も外聞もかなぐり捨てた。冤罪死刑は断じて認めん。それが彼らの執念だ」

江藤が葦沢の言葉に補足した。

「天道さんが結審を宣言して、裁判官たちが合議に入れば、裁判長を替えても合議の結論は覆せない。前の裁判長が書いた決定を代読するだけだ。だから連中は急いだ。結審の前にどうしても天道さんを替える必要があったんだ」

胸が痛いほど締めつけられて、ひかりは息が苦しくなってきた。怒りより、権力の執念に、恐怖に近いものを感じた。

「裁判は？」

ひかりは恐る恐る口にした。

「厳しくなる」

森田がはっきり言った。「今度の裁判長は、再審を潰すためにやって来る。初めから結論は決まっている」

「請求棄却、ということですか？」

ひかりはもう泣き出しそうだった。この国は、一体どこまでわたしたち家族を踏みつければ気が済むのか。

「なんとかして下さい！」

森田に向かって、悲鳴に近い声で叫んだ。

「どうするか……」

森田が宙に目を泳がせる。

江藤も俯いて腕を組む。

「冗談じゃねえ！」

葦沢の大声が沈黙を破った。

「こんなデタラメがまかり通るはずがない。まかり通しちゃならんでしょうがッ！　敵さんがなりふり構わんなら、こっちは死にもの狂いになるだけだ。俺は負けませんよ。徹底抗戦だ。江藤さん、さっそくこの人事を紙面でぶっ叩いて下さいよ！」

「だが――」

江藤が憂鬱な顔になった。「連中は社の上の方にも手を回しているだろう。ただの人事として小さく載せる。それで終わりだ。ウチだけじゃない」

「んな！　そこは突破して下さいよ！　ホイホイ載っかるものだけ書いてりゃいいってもんじゃないでしょうがッ！　俺は『月刊札幌』でやりますよ。巻頭ぶち抜き六ページだ。クビ賭けて、編集長に談判します！」

「わかった。やるよ。《弁護側が猛反発》でやってみる」

「それはそれとして、だ……」

森田が薄い手のひらでピシャリと膝を叩いた。

「打開の道があるとすれば……アレだが——」

「アレ？」

江藤と葦沢が同時に森田を振り返った。

ひかりもすがりつくように見つめた。

だが、森田は続く言葉を呑み込んで、わずかに首を左右に振った。

落胆が、絶望をより強めた。

森田が怒りを嚙み殺すように、ゆっくりと目を瞑った。

第四章　正義

三村事件再審請求審の第五回三者協議は、十一月十日の午後一時から始まった。

裁判長は天道正から蜷川巌に替わっている。

会議室をこれまでと違う、ピリピリした空気が覆っている。

蜷川は長身痩軀、太いセルロイドの眼鏡をかけたカマキリみたいな容貌だった。

着席した時から、高圧的な眼光で一同を見回し、尖った顎で指すように検事や弁護士に発言を促す。

高瀬は苦く笑った。

今どき、これほど傲岸な判事は珍しい。再審潰しの重責を背負い、気負い込んだ姿にも見える。

蜷川の経歴は、一九九〇年判事任官、都市部の地裁を回り、最高裁事務総局付、東京地裁判事、大阪高裁判事、最高裁調査官。

注目すべきは、最高裁事務総局勤務の経験を持つことだ。事務総局は最高裁長官の直轄部門で、傘下に人事局を持ち、全裁判官を管理・統制している。ここに在籍した〝事務総局系〟と呼ばれる一握りの裁判官が、エリートとして出世するのは法曹界の常識で、それだけに彼らは、最高裁トップの意向に忠実な体制派が多い。

きょうの証人は、元道警警視の宇崎秀夫で、すでに控室に待機している。

弁護士の森田の眼が、獲物を狙う豹のように細められている。新裁判長に見せつけるためにも、宇崎を徹底的にやり込める気だろう。

これまでの審理経過を一通り確認し合った後、裁判長の蜷川がおもむろに切り出した。

「本日の宇崎秀夫の証人尋問ですが、一旦延期して書面審理に切り替えたい。弁護人は尋問事項書を、検察官はそれを受けて答弁書を提出して下さい」

「なな、何ですと！」

森田が目を剝いて蜷川を見た。

これには、高瀬も唖然とした。証人喚問はすでに前任の天道裁判長の決定済み、それを当日になって覆すなど、あり得ない訴訟指揮だ。

「冗談じゃない！　そんな無茶苦茶、不当でしょうがッ！　証人はすでに来ている。予定通り実施して下さい！」

森田が蒼白になって立ち上がった。

「請求審は原則書面審理で進める。これが常法と認識しています。それで不足があれば、喚問します」

「バカな！　そんな常法聞いたことがない！」

高瀬には蜷川の魂胆が読める。

もし、きょう宇崎を尋問し、森田の苛烈な追及に、万一偽証工作を認めるようなことになれば、有罪の最後の柱が崩れ、原判決を否定せざるを得なくなる。それを恐れて、非常手段に出たのだろう。

「私が裁判長です。裁判所の指示に従って頂く」

蜷川が森田の抗議を突っぱねた。「今後も、本件審理は、書面審理を中心に進めます。宇崎の審理が終わった後は、弁護人、検察官双方とも、最終準備書面を提出して下さい」

「何ですか、それは！」

森田が憤然と詰め寄った。

最終準備書面を出させて、事実上、結審させるというのだ。

「弁護人としては、今後、科警研の生井響子の喚問を予定しております！　事実調べはまだ済んでおりません！」

森田の怒声に、蜷川は薄い笑いを浮かべた。

「もう十分でしょう」

「不同意です、三者協議の続行を要求します！」

「却下します」

蜷川が一言のもとに撥ねつけた。

強引過ぎる、と高瀬は思った。これでは弁護人が怒り狂い、裁判長の忌避などに訴える。事態をこじらせるだけだ。

「本日の審理を終わります」

「バカな！　終わっていない！」

森田が血相変えて叫んだ。

蜷川は立ち上がった。二人の陪席が続く。

「待って下さい！」

森田の声を振り切るように、裁判長は背広の裾を翻して出ていった。

高瀬は小樽から地検に戻った。公用車を降りると、冷気が吹きつけ、枯葉が足下で渦を巻いた。

宇崎の尋問を回避したというのに、気分は鉛を呑んだように重い。

自席に座ると、待っていたかのように、西尾から電話があった。

「たまには寿司でも食おう。日本で一番旨い寿司屋に連れてってやる」

普段、滅多に外食しない西尾が誘うのだ。次席は明らかに上機嫌だ。

「はあ……」

高瀬はため息交じりに承諾した。

〝日本一の寿司屋〟は、薄野の南端の雑居ビルの四階にあった。

清潔な白木の付け台の向こうで、実直そうな初老の主《あるじ》が、せっせと小魚の骨を抜いている。

「親爺、それは何だい？」

西尾が横柄に訊く。

「鰯の昆布締めで。こいつをさっと炙りましてね」

「旨そうだ、それをくれ」

「へい」

「ふふふ。刺身を酢飯に載っけりゃ寿司ってもんじゃない。ひと手間かける。仕事ってやつだな。それが寿司だ」

西尾が冷酒を舐めながら、陳腐な講釈を垂れる。冷酒の酔いか、いつになく舌が回っている。

「で、蜷川の仕切りは？」

高瀬は、きょうの三者協議について報告した。

「それでいい」

西尾が悦に入った顔になった。

「ちょっと強引過ぎませんか」

高瀬は非難を込めて言った。

「まあな。だが、蜷川にしてみれば、出世がかかった大舞台だ。無理もない」

出世か……。

天道前裁判長の温顔がよぎった。

「で、この先だが――」

西尾が言いかけて、分厚い帆立を口の中に放り込んだ。見れば目の前の濃緑色の陶皿に、数種の刺身が盛られている。どれも丁寧に飾り包丁が入り、彩《いろどり》も洋菓子が並んだように華やかだ。

高瀬は無理にトロの刺身を頬張った。上物だろうが、上顎にこびりつくだけだ。

「蜷川は結審した後、多分、正月には決定を出す」

「そんなに早く？」

「長引かせない、それが最高裁の方針だ。名張毒ブドウ酒事件の請求審も七カ月で結審している。例外というほどじゃあない」

「請求を棄却するにしても、一体、どういう理由づけをするんです？」

西尾がニタリとした。

「さすがにこのまま、MCT118鑑定を置いとくわけにはいかんだろう」

「ええ」

ここでなおMCT118を是認すれば、法曹界だけでなく、法医学の連中からも非難囂々《ごうごう》だろう。

「だから、MCT118は証拠から差っ引く」

「証拠にしないと？」

「そう」

西尾が、冷酒の次に頼んだ熱燗《あつかん》の盃を舐める。

「MCT118を除いても、他の情況証拠から、なお三村の有罪は揺るがない。そう持っていくしかないだろう。だから蜷川は、きょう、強引に宇崎の尋問を中止した。近松まで否定されたら、それこそ何も言えなくなる」

そこは高瀬の読みと同じだ。しかし、近松の証言と、その他の微弱な情況証拠の寄せ集めで、有罪を認定できるのか？

「弁護側は、抗告するでしょうね」

棄却されたら、森田は怒り狂って、その日のうちに札幌高裁に即時抗告の手続きを取るだろう。

「まあな」西尾が盃をごくりと空けた。

「しかし、高裁だ。よほどの新事実が出ない限り、一審をひっくり返すことはない」

そうなのだ。たとえその後、弁護側が最高裁に上告しても、流れは変わらない。蜷川が強引に棄却さえすれば、三村事件の再審は、永遠に闇に葬られることになる。

「まっ、取りあえず一安心だ。高瀬、さあ食え。ほら！」

西尾が乾杯のように盃を掲げた。

もう一軒行こうと誘う西尾を振り切り、高瀬はひとり官舎に帰った。呑み歩く気には到底なれない。

ポケットの中で温かくなった鍵を取り出し、冷え切ったシリンダーに差し込んだ。部屋の電灯を点け、手を擦り合わせながら暖房のリモコンを探す。

気がつけば、留守電ランプが点滅している。スイッチを押すと、妻の声が流れてきた。

〈——保険の書類にあなたの署名が必要だから、サインして書留で送り返してってお願いしたじゃない！　もう十日よ。忘れてるでしょ？　いつもそうなのよね——〉

刺を残して留守電は切れた。

ますます気分が暗くなる。いつからこうなってしまったのか。

妻は、彼女の老父の介護で名古屋の実家にいる。子供がいないから他の兄弟たちから押しつけられた、と言うが、それは口実。本当は俺から逃げ出したかったのだろうと高瀬は思う。

コートを着たまま、居間のソファーに横になった。

酔いが急速に回り、深い穴に引き込まれるように、気分が沈降していく。

胸が間歇《かんけつ》的に疼く。吐き気にも似た嫌悪感が胃の辺りに充満している。

この不快さは何だ？

自嘲の笑いが唇を歪めた。

わかっている。不快の理由は、俺が一番わかっている。

そう、妻との仲がおかしくなり始めたのも、あの頃からだ。あの事件の後から……。

血管がこめかみで強く脈打ち、耳の奥で、また女の声が響き出す。

パパアアー！　いやああ——ッ。いやあああ——ッ。

「やめろっ！」

高瀬は思わず跳ね起きた。

※

十二月になった。今年は雪が多いとひかりは思う。きょうも昼過ぎから降り始め、夜になってさらに勢いを増している。

ステンドグラスの向こうに細かな雪の影が落ち、窓枠に白く積もっていく。

数十本の太い蠟燭の灯が、十字架を背負ったブロンズのイエス像を照らしている。

夜の礼拝堂は、蠟が燃えるかすかな音さえ聞こえるような、深い静寂《しじま》に閉ざされている。

ひかりは、ひとり、「カトリック桑園教会」にやって来た。

祭壇の前に跪《ひざまず》き、首《こうべ》を垂れる。瞑目し、睫毛さえも微動だにさせず、息を詰めてただ祈る。

店が休みの日曜の夕刻、毎週ここに来る。

一昨日、森田弁護士から知らされた。裁判所が年明けの一月十二日に、請求審の決定を出すと通告してきた、と。

森田事務所は絶望に包まれている。

蜷川は、再審を潰すために送り込まれた裁判長だ。これまでの審理を無視し、強引に再審請求を棄却するだろう。森田も葦沢も江藤も、皆、そう考えている。

でも、ひかりは違う。

きっと、何かが起きる。

奇跡が起きる。

そう信じている。信じることに決めている。

怒り。失意。絶望。祈りながら、血を吐く思いでそれらを断ち切り、希望を繋ぐ。いまは祈ることしかできない。だから、必死に祈るのだ。

先月、裁判長が替わった翌日、ひかりは教会に立川神父を訪ねた。

立川は礼拝堂の隅に置かれた足踏み式のオルガンを弾いていた。

カトリック聖歌六五七番「いつくしみ深き」。

ひかりの気配に、鄙びた音色がぱたりと途絶え、立川が振り向いた。

猫脚の机と臙脂のカーペットが敷き詰められた、いつもの談話室。そこで、森田弁護士から聞いた裁判の様子を詳しく話した。蜷川裁判長が送り込まれた目的や、森田たちの見通しも。

神父への甘えの気持ちもあったのだろう、話すうちに、声がよじれて、危うく泣き出すところだった。

立川は黙って聴いていた。西洋人を思わせる彫りの深い顔。その鼻筋を西陽が赤く照らしている。

聴き終えて、立川がひとこと言った。

「卑怯、ですね」

一瞬、その色の薄い眼球に怒気がよぎった気がした。わずかに歪んだ唇に、珍しく感情が現れて、ひかりは少し驚いた。

立川は、諭すように言った。

「いまは、絶望に負けないことです。あなたは、私の忠告を振り切って、運命の河を渡った」眼がかすかに笑った。「渡った以上、引き返してはいけない。私も支援します。何でも言って来なさい。そして、ここで祈りなさい。神は、見ています」

立川の顔が脳裏から消え、ひかりは目の前のイエスを見上げた。

祭壇のブロンズ像は、蠟燭の灯を映して、裸体を黄金色に光らせていた。

※

年が明けた一月十二日の金曜日、運命の決定が出た。

三村事件再審請求審の決定書は、午前十一時、札幌地裁小樽支部で弁護側・検察側双方に渡された。

Ａ４の用紙きっかり三十枚。決定書にしては短い方だ。

高瀬が地検に戻ると、検事正室に、いつもの四人が集まった。

《平成三十年（い）第十八号　再審請求事件

請求人　三村ひかり

決定

亡三村孝雄に対する殺人被告事件について、請求人から再審の請求があったので、当裁判所は、弁護人及び検察官の意見を聴いた上、次の通り決定する。

主文　本件再審請求を棄却する》

「よし」

黒川が頷きながら言った。予想通りとはいえ、安堵の表情になる。

高瀬は主文に続く「理由」を目で追った。

「理由」の前半は、田中義一や本間教授の証言を詳細に分析し、MCT118鑑定は信用できないと結論づけている。

おそらく、ここまでは前任の天道裁判長時代に書かれた下書きを、そのまま使ったのだろう。だが、後半の「とはいえ」という、取って付けたような接続詞から、趣旨は大きく変わってくる。

《以上のように、MCT118鑑定の証明力については、より慎重な評価をすべきと言い得る。とはいえ、これを以て、直ちに、確定判決における有罪認定に合理的な疑いが生じるとまではいえない》

蜷川は、近松証言については、十分に信用できると言い切り、偽証の疑惑には一切触れていない。

その上で蜷川は、三村が事件当日、午後七時から十一時過ぎまでスナック「美鈴」に滞在した事実は揺るがないと認定、被害者との金銭トラブルなどの要素を考えれば、三村の犯行であることは、**「合理的な疑いを超えて推認できる」**と結論づけた。

要は、ＭＣＴ１１８は証拠から差っ引くが、他の情況証拠から原判決は正しいという展開だ。

予想が的中した次席検事の西尾は苦笑している。

「これで、一安心、検事正のご指導のもと、地検としては見事大任を果たしたと申せましょう！」

公判部長の但馬が三日月のように目を細めて、黒川を持ち上げた。

こんな尻が痒くなるようなお追従、検察庁では滅多に聞かない。但馬は、ショッキングピンクのワイシャツだ。デカい黒真珠のカフスが異様に目立つ。

黒川のデスクの電話が鳴った。

高瀬が取ると、地元紙の記者からで、弁護側が高裁に即時抗告すると表明したとのことだった。

「まあ、あとは高検がよろしくやるだろう」

黒川が興味なさそうに言った。すでに地検の手を離れた事案だ。素早く頭を切り替えるのが、黒川なのだろう。三村事件の再審は、もはや眼中にない。

「高瀬検事、ご苦労さん。二、三日休みを取って温泉にでも行ったらどうだ？」

西尾が労りの表情で言った。

「登別《のぼりべつ》温泉がいいでしょうな。札幌からのアクセスもいい」

但馬が口を挟んだ。

「そうだな。あそこの鉄泉は疲労回復にいいらしい。定山渓《じょうざんけい》温泉も近いがね」

「次席、詳しいですな」

「うん、温泉は好きでね。俺も行こうかなあ。カミさんに内緒で」

「へへ、内緒ですか。なら、芸者でも揚げますか？」

「キミとは違うよ」

西尾が但馬を軽く睨んだ。


森田事務所には重い疲労感が漂っている。

森田は奥のデスクで腕組みし、瞑目している。

葦沢は、応接セットに脚を投げ出して黙り込んでいる。江藤だけが、携帯電話でひそひそと社とやり取りしている。

決定書は十一時に森田が地裁小樽支部で受け取り、ひかり、葦沢、江藤が目を通した。

「ふざけるな！」

葦沢が拳で思い切り手のひらを叩いた。

江藤も頰を紅潮させた。

請求棄却は予想された結果だ。だが、決定理由は、弁護側の立証努力を嘲笑うかのようなものだった。

蜷川は、検察が「発見できない」と事実上隠蔽したショーツについては言及せず、生井響子の不正への追及もない。検事が書いたよりも検察寄りの中身。蜷川決定を一言で表せば、そうなる。

事務所に戻った直後、ひかりは、森田弁護士から改めて上訴の意思を確認された。上訴しても、勝つ見込みは薄いかもしれない、と告げられた。

「だがね、ひかりさん――」

森田が自分を鼓舞するように言った。「私はいつも若い連中に言ってるんだ。弁護士なんてファイトだ。それがなきゃ、刑事弁護なんてやってられない。諦めたら負けなんだ」

ひかりは、かすかに笑った。そして、「よろしくお願いします」と、頭を下げた。

窓辺に立って、雑然と積み上げられた書類の束の隙間から、ひかりは細い路地を見下ろした。

奇跡はついに起きなかった。

自分の前に広がっているのは、長い長い、いつ果てるともわからない真っ暗な道。そして行き着く先は、おそらく、底なしの絶望……。

この国は、無実の父に殺人者の汚名を被せて殺した。母も苦しみの中で逝った。そしてまた、真実を求める娘の声を、不正な手段で押し潰した。

「帰ります」

明るい声を作って、振り返った。

男たちが、一斉に目を上げた。

ひかりは、精一杯、微笑んでみせた。

※

高瀬は早めに役所を出た。公判部長の但馬に「一杯どうだい？」と誘われたが、冗談じゃない。

「大丈夫ですか？」

事務官の落合が高瀬の顔色に気づいて寄って来たが、無言で手を振り、足早に、逃げるように地検から離れた。

薄野のネオンが照らす藍色の空に、粉雪が舞っている。

ロードヒーティングされた歩道に落ちた結晶は、たちまち溶ける。

南一条のスナックで呑んで、フラフラ歩き、狸小路の川向こうにある、ビル地下のバーに入った。

店内は薄暗く、葉巻を燻したような匂いが立ち込めている。樽の中を擬したのか、天井も壁も緩く湾曲したオーク材が貼られ、腰高い木製の椅子が並んだカウンターの前には、洋酒の瓶がぎっしり並んでいる。

時間が早いせいか、客は誰もいない。

バーボンのロックをダブルで頼み、たて続けに呷った。赤いベストを着た、針金のように痩せたバーテンダーが、カウンターの隅から、気味悪そうにこっちを見ている。

酔いがなかなか回らない。頭の中に固い芯があるようで、妙に視界が冴え冴えとしている。苛立たしく、さらに、バーボンを三杯呷った。

へべれけに酔い潰れてしまいたかった。眠りに落ち、朝になれば、気分も変わる。そんな日々をしばらく過ごせば、三村事件の再審も、やがて記憶の彼方に消えていく。そうやって少しずつ振り切りながら進むのだ。これまでのように……。

ポンと、突然、背後から肩に手が置かれた。

「高瀬さん」

驚いて振り向いた。

ずんぐりした躰つきの男が立っている。どこかで見た顔だ。ブンヤか？

男は勝手に高瀬の隣に腰を下ろした。

「誰だ？」

「『月刊札幌』の葦沢といいます」

葦沢……。

知らない。雑誌社は記者クラブに所属しない。

寄って来たバーテンダーに、葦沢が首を振った。

「すぐに出る」

バーテンダーは肩をすくめて立ち去った。

「役所から尾行《つけ》たのか」

「いや。薄野で偶然見かけたんでね」

検事が個別にメディアの取材を受けることはない。メディア対応は一括して次席検事がこなす。それがしきたりだ。

「ほんの五分、お話を」

「お勘定！」

高瀬は、間髪を容れずバーテンダーに告げた。

「悪いが、ブンヤさんの相手はお断りだ。あんた、ルール違反だ」

椅子から腰を浮かすと、葦沢がグッと腕を摑んだ。

「何をする！」

キッと睨みつけた。

「高瀬さん。田中義一を引っ張り出したのは俺です。宇崎と近松の写真も撮った」

「森田さんの調査員か？」

「たまに手伝うだけです」

「なんのつもりだ？」

「今朝、小樽で正義が死んだ。殺したのは判事と検事。まさに法律家たちの手によって、法と正義が捻じ曲げられた」

「何が言いたい？　絡むなら突き出すぞ」

「東都鉄鋼事件。調べました」

「なに？」

高瀬は息を吞んだ。

「六年前、名古屋の特捜にいたあなたは、東京地検特捜部が捜査中の東都鉄鋼と政治家の汚職事件に、応援検事として加わった。そして、あなたが取り調べた代議士秘書が、自殺した」

「……それがどうした？」

喉が詰まる思いで、ようやく言った。

「三村ひかり。あなたも一度会ったことがある。きょうの彼女の心情を慮《おもんぱか》ったことがありますか」

「……」

「彼女は十数年、冤罪晴らしに人生を費やしてきた」

「三村は、有罪だ」

「ウソだッ！」

葦沢が鋭く叫んだ。「それを一番よく知っているのが、あなたでしょうがッ！」

「もう、俺の手を離れた。言いたいことがあるなら高検の検事に言ってくれ」

「彼女はいま、絶望のどん底にいる。この国の司法が、彼女と彼女の家族にした仕打ちは、酷過《ひど》ぎる」

「……」

「三村ひかりも死ぬかもしれない」

ギクリとした。

葦沢が躰を向けて高瀬を見すえた。その両眼に憎悪がたぎり、憤怒の言葉が迸《ほとばし》った。

「あんた、一体、何人殺すつもりなんだ！」

高瀬の四肢が硬直した。

葦沢が躰を起こして腰高椅子から下りた。

「失礼しました。だけどね、高瀬さん。正義を潰す検事、あんた、最低通り越して、お笑いっすよ。三村ひかりに万一のことがあったら、今度は俺が、あんたを潰す」

葦沢が身を翻して出口に向かった。

高瀬は堪《こら》えるように目を閉じた。

昏黒《こんこく》の空から、怖いほどの量の雪が落ちてくる。

街灯が淡く灯って、雪を被った樅ノ木の街路樹を浮き上がらせ、白色に染まった広い通りが、海に向かって延びている。

コートの肩に瞬く間に積もる雪を手で払いながら、高瀬は無人の通りを下った。

どうしてここに来てしまったのか？

気がついた時には、函館本線の列車に乗っていた。

小樽港が目の前に迫ってくる。

俺は何をしようとしているのか……。

白く光る無数の雪が、埠頭の先の真っ黒な海に吸い込まれていく。

海上保安庁のビルの後方に、長大なコンクリートの倉庫が見え、その脇にへばりつくように建て増しされた二階家が現れる。

はっとした。

小さなオレンジ色のランプが点っている。

ひかりは店を開けているようだ。

こんな日に……。

バーに向かって急いだ。

木枠のガラス扉から、中の灯りが漏れている。

躊躇いがちに扉を開けた。

店はがらんとしていた。奥に延びた、艶のないカウンターに客の姿はない。

視界の中に、ひとり、女が立っている。

目が敵意に光っている気がした。

「ほんの数分、いいかな？」

カウンターを目で指した。

「どうぞ」

硬い声が響いた。高瀬はコートを脱いで、腰高椅子に腰を下ろした。

「追い返されると思ったよ」

「お客さんじゃや、仕方ないでしょ」

三村ひかりはにこりともせずに言った。

「お飲み物は？」

「なんでも」

すぐにバーボンのロックが出て来た。この間の飲み物を覚えていたようだ。

「さっき、葦沢という記者に会った」

ひかりの目が驚いたようにわずかに開いた。

「彼は、あなたのことを心配していた」

「……」

「だから、俺も気になった」

三村ひかりは無言で視線を逸らした。硬い拒絶の気配だ。

しばらくして、ようやく、ひかりが目を戻した。

「検事さん、酔ってます？」

「少し」

「きょう、森田先生が言ってました。天道裁判長だったら、勝ってたって。蜷川裁判長だから、負けた。そういうことですよね」

高瀬は、かすかに頷いた。

「裁判官によって、事実が変わるの？　裁判官が替われば、死刑が無罪になったり、無罪が死刑になったりするの？」

「……」

「裁判官って神？」

ひかりの眼に怒気が点った。

「決定を見てから、家に帰って、父の裁判の一審判決を読んだわ。**《個々の情況事実は、そのどれを検討してみても、単独では犯人と断定することはできない》**ってあって、でも、**《諸情況を総合すれば合理的な疑いを超えて認定できる》**って書いてあった。きょうの決定にも**《合理的な疑いを超えて推認できる》**って書いてあった」

「……」

「総合して、推認して、それで人を死刑にするの？　合理的って、どういうこと？」

高瀬は目を伏せた。

「死刑は取り返しがつかない。だから、どこからどう見ても、間違いなく、絶対こいつが犯人だ。そう書けないなら、死刑はないわ！」

ひかりが横を向き、グラスに酒を注いで、一気に呷った。

返す言葉を探したが、見つからない。

ひかりがグラスを手にしたまま続けた。

「十六歳の時、裁判を傍聴したわ。生井響子が証言してた。父は悔しそうだった。きっとどうも……。この国は、父を二度殺したわ」

ひかりの指が、ぎゅっとグラスを握りしめた。

「三村事件は、検事さんの手を離れた。もう関わることもないんでしょ。次の検事、次の裁判官。次々に人が替わって、同じことを繰り返す。そうやって少しずつ、父のことを揉み消していくんでしょ？」

高瀬は深く息をついた。そして、ぼそりと呟いた。

「そう思う、よな……」

「……」

ひかりがキッと高瀬に目をすえた。

「父は何も悪いことはしてません。それが真実。父は真面目に働いて、母とわたしを愛してくれた。その父を、母は死ぬまで信じ続けた。だからわたしは、二人に代わって見届ける。裁判がどうなるか、最後まで」

「……」

「検事さん。ごめんなさい。きょうは帰って」

高瀬は顔を上げた。

「お気づかい頂いて……。でも、わたしは大丈夫です。いまはただ、悔しいだけ」

「わかった」

高瀬はコートを持って立ち上がった。

出口に向かう途中、背中に強い視線を感じた。突き刺すような、ひかりの視線を。

外に出て、そっと扉を閉めた。

変わらずに、雪が降りしきっている。

積もった雪が音を吸い込み、辺りは異様なほどの静けさだ。

三村ひかりは気丈だった。

希望を失ってなお、その黒い瞳に闘う意志を宿していた。

強い女《ひと》だ……。

港の出口に躰を向け、足を踏み出した。

その時だった。

耳がかすかな音を捉えた。

擦るような音。

高瀬は足を止めた。

すすり上げるような音。

人の声だ。

ドキリとして扉を振り返った。

声は時折、乱れた気息の音を交えながら止まずに続く。

泣いている。

三村ひかりが泣いているのだ。押し殺したように、絞り出すように嗚咽している。

心臓が抉《えぐ》り取られる気がした。

ひかりは、精一杯、虚勢を張っていたのだ。敵に弱みを見せまいと。だが、心はボロボロだった。悔しさと怒りで胸が張り裂け、落胆で崩れ落ちそうだったのだ。

ひかりの嗚咽は徐々に、耐えかねたように大きさを増し、やがて悲鳴のような号泣に変わった。

「わー」という女の泣き声が、静寂の中に尾を引いた。

高瀬は目を閉じた。

俺のせいだ。

真実を揉み消したのは、他ならぬ俺だ。

ひかりの希望を断ち切ったのは、この俺だ。

ひかりの号泣が耳朶を叩く。

それに交じって、鼓膜の奥から、かすかにまたあの声が湧き上がる。

高瀬は逃げるように走り出した。

ひかりの泣き声が、どこまでも付いてくる。それとともに、あの声が次第に大きくなってくる。

やめろっ！　やめてくれ！

高瀬は雪の中を転がるように走った。

早く、早く駅に戻るんだ！

しかし、緩い上り坂で足が縺《もつ》れ、つんのめるように積雪の上に倒れ込んだ。

「パパアアー！　いやああ――ッ。いやあああ――ッ」

悲鳴が急に大きくなって、頭蓋の中で割れんばかりに響き渡った。

高瀬は耳を塞いで、雪の中で蹲《うずくま》った。

闇の中に、自殺した秘書の顔が現れる。

「勘弁して下さい……」

弱々しい声がする。

悲鳴を上げる秘書の妻の顔が見える。

秘書はなぜ死に、妻はなぜ泣かなければならなかったのか。

俺のせいだ。

三村ひかりの顔も浮かぶ。

なぜ、ひかりは泣いているのか。

俺のせいだ。

高瀬はがっくりと肩を落として、雪の中で正座した。

秘書もその妻も、三村ひかりも、無辜《むこ》の市民だ。

無辜の市民を泣かせるために、俺は検事になったのか！

もう、ダメだ……。

六年前の事件の真相を知った時、辞表を出すか、それとも面と向かって闘うか、はっきり決めるべきだった。

俺はそれを誤魔化した。

膝の上に、雪がみるみる積もっていく。

深々と息を吐いた。

だが、もう遅い。

死んだ秘書は生き返らない。ひかりは絶望の底をさ迷い続ける。

俺はそれらからまた目を逸らして……。

高瀬は激しく首を振った。

掻きむしりたいほどの悔恨に、膝の拳がぶるぶると慄えた。

術はないのか。

何か、為す術はないのか……。

※

北国の春は遅い。

四月の初旬はまだ冬。札幌は小雪がパラつき、街行く人々も大半がコート姿だ。

ひかりは、一審の時は、ほぼ毎日森田事務所に手伝いに行っていたが、最近は時折顔を出す程度にして、昼間、小樽港の倉庫で梱包のバイトをしている。長引く訴訟に備えておカネを貯めなくてはならない。

裁判というものは、もどかしいほどゆっくり進む。まるで申立人が、焦《じ》れて諦めるのを待つみたいに。

地裁の棄却決定が出てから、すでに三カ月が経つ。

札幌高裁の刑事部で始まった再審請求の即時抗告審は、今月からようやく、裁判官、弁護士、検察官による三者協議が始まる。

この間、森田弁護士の尽力で、日弁連（日本弁護士連合会）が会長声明を出し、三村事件の再審請求棄却の不当性を訴えてくれた。そんな、明るい話題もあるにはあったが、ひかりの心は冬の曇天のように、重く閉ざされたままだ。

森田弁護士によれば、請求審を担当する水谷裁判長は、去年新潟から転任してきたばかりで、判決の傾向はよくわからない。だが、高裁裁判長は裁判官の世界では出世頭、つまりは最高裁事務総局お気に入りの体制派がほとんどだ、という。

「例えばだね、東京高裁刑事部には十四人の裁判長がいるがね、その中で、リベラルと目されるのは、一人か二人。あとはゴリゴリの保守反動、検事より検事な連中だよ。日本人は、裁判官と言えば、大岡越前や遠山の金さんをイメージするがね、大いなる誤解だな。ちなみに、アメリカとも大違いで、アメリカの裁判長は市民の代表、日本の裁判長は公務員、お上の手先……」

森田はらっきょうのような顔をひん曲げた。

要は、即時抗告審も「期待薄」ということだ。

ため息ばかりが出る。

事態が急転したのは、第一回の三者協議を翌日に控えた、月曜日の夕刻のことだった。

ひかりがバー「灯」で開店に備えてグラスを拭いていると、携帯が鳴った。

「いまから事務所に来れるかい？」

森田弁護士の甲高い声が、突き抜けるように頭に響く。

「ええっ。いまからって、お店開けなきゃいけませんもん」

「うーん、そっか。それは残念」

森田の声色は珍しく喜々としている。

「何かあったんですか？」

「あったよ。あったもあった大ありだ。核爆弾が破裂した」

「核爆弾？　何ですか、それ？」

「それは明日のお楽しみ！」

弁護士は高く笑って通話を切った。

※

裁判長の水谷静雄は、でっぷりと太り、体重は一〇〇キロを超えていそうだ。黒々と染めた髪は歳の割に豊かだが、狭い額の下の両眼は瞼が垂れて、いつも眠そうに見える。新潟家裁所長から、去年の十月に転任してきた。森田は水谷が下した過去の判決を読んだが、可もなく不可もなくという印象で、この昼行灯みたいな男が、何ゆえに高裁の部総括になったのかよくわからない。

高検の検事は平井愛彦といって、髪を短く刈り上げた赤ら顔。控訴審議で地検の検事を執拗にいたぶるサディストで、愛の欠片《かけら》もない男という評判である。

〝核爆弾〟は、昨日、葦沢が突然、ぬっと差し出した。そして頑なにかぶりを振った。入手元は言えない、という意味だ。

「裁判長」

森田は挙手をして発言を求めた。

「どうぞ」

水谷がのったりと声を出した。

勝負は冒頭で決まる。

森田は立ち上がった。

「本請求審の最大の焦点は、犯人の精液が付着しているとみられる、被害者の下着、これが北海道警に保管されているという事実であります。弁護人は一審に於いて、検察官にその提出を要請し、検察側もこれに同意したにもかかわらず、捜したが見つからないと主張して、その提出義務を果たしませんでした」

森田は言葉を区切り、水谷の様子を窺った。裁判長は俯いて退屈そうだ。検事の平井がわざとらしくうんざりした表情を作る。

「一審決定でも認められた通り、MCT118鑑定にはかねて欠陥性が指摘され、加えて本件鑑定では、科警研の技官が、データを偽造した疑いがあることが明らかになっております」

「異議あり。弁護人は事実を誇張しています」

平井が間延びした声を上げた。

「異議を認めます」

水谷が念仏のように応じた。

森田は構わずに続けた。

「もし、野村鈴子の下着を再鑑定した結果、ＤＮＡが三村孝雄のものと一致しない場合は、三村が事件当日、スナック『美鈴』に長時間滞在していたという、有罪認定の根拠が崩れ、真犯人である第二の男の存在を証明することとなります」

水谷が眠そうに頷いた。

「検察官が発見できなかったという下着の保管場所が、判明しました」

なに？　というように検事の平井が顔を上げた。

水谷と陪席が一斉に森田を見た。

「弁護側はこの書類を証拠として提出するとともに、野村鈴子の下着の証拠保全と再鑑定を申請します」

森田は透明なビニールで包装された、小さな紙片を顔の高さに掲げた。

《照会報告　事件番号００１４　証拠物件（証拠番号　ロ－０６５７　被害者下着）の保管場所　証拠品管理センター五階資材庫　28列　イ－３》

平井が身を乗り出して紙片を見つめる。その顔がみるみる色を失って蒼白に変わる。

三人の判事たちも目を皿のようにして凝視する。

「照会報告」には、皺を伸ばしたような痕跡があった。一度丸めたものを、再び広げたようだった。

「い、異議あり！」

平井が上ずった声を上げた。「その報告書が、真正なものであるか確認できません！」

「お待ち下さい」

水谷が報告書を手元に取り寄せ、眼鏡をはずして穴が開くほど見入った。横の陪席二人も躰を寄せるようにして覗き込む。

森田は拳を握りしめて裁判官たちを凝視した。次に水谷が発する言葉で勝敗が決まる。

判事たちが声を殺して協議を始めた。右陪席の判事が何か言い、水谷が一瞬、険しく眉を寄せると、判事たちはすぐにまた小声で話し始めた。

どうする？

森田は射るような眼差しを判事たちにすえた。

お前らがまともな法曹か、それとも恥ずべき法匪《ほうひ》か、いまここで決まるぞ。

「うーん」

牛のような声を上げて、ようやく水谷が顔を上げた。ゆっくりと確かめるように左右の陪席を見、それから平井に向かって言った。

「異議を、却下します」

やった！

森田は心中で叫んだ。

平井の赤ら顔がさらに真っ赤に紅潮した。

「検察官、出て来たものは仕方ないでしょう」

水谷の垂れた瞼がわずかに開き、投げ出すような口調で引導を渡した。

それが水谷の本音だろうと森田は思った。

この証拠を葬ることは、いかに体制派の裁判官でも不可能だ。

「当裁判所は直ちに北海道警の当該の場所を捜索、証拠品を差し押さえます」

ぼそぼそと聞き取りにくい声だが、内容は明確だった。

「裁判長……」

平井が呻いた。

「差し押さえは当裁判所の大木判事が同行の上、執行します。大木さん、いいですね」

「はい」

大木と呼ばれた右陪席が頷いた。

「さらに――」水谷が巨顔を伏せて、お経を唱えるような調子で続けた。

「精液痕の再鑑定については、地裁請求審に於いて、発見され次第実施ということで合意をみております。当裁判所はその判断を引き継ぎ、裁判官の職権で再鑑定を行うのが妥当と考えます。弁護人、ご意見は？」

「ありません。同意します」

森田は、湧き上がる昂奮を抑えて、淡々と答えた。視野の端に、呆然とした検察官の顔が映った。

第五章　灰色の無罪

北海道警の証拠品管理センターで見つかった野村鈴子のショーツは、翌々日の四月十二日、再鑑定に付された。

鑑定は、検察側が推薦した仙台医科大学の内山悦太郎教授、弁護側が推薦した東都大学の本間周平教授の二人の法医学者によって行われた。鈴子の下着を真っ二つに裁断し、三村孝雄の遺品の櫛から取った毛髪とともに、二人の教授がそれぞれの研究室に持ち帰り、最新技術であるＳＴＲ鑑定法で鑑定した。

鑑定そのものは数日で終わり、その後三週間をかけて鑑定書が作成された。

「再鑑定の結果が出た途端、報道陣が殺到する」

という森田や葦沢の意見で、ひかりは五月の初め、密かに薄野のはずれのビジネスホテルに移動した。マスコミはひかりを追い回し、興味本位に生い立ちや私生活まで暴き立てるだろう。

五月十日、午後三時。

裁判所から弁護、検察双方に鑑定結果が通知され、森田弁護士の口から報道陣に発表された。

「DNAは、不一致でありました」

一拍おいて、記者団からどよめきが上がった。

事件当日、野村鈴子と性交した男は、三村孝雄ではなかった。

裁判所が誤判の末、無実の人間を死刑にしたことが確実になった。

冤罪死刑という最悪の汚点が、日本の司法史に刻まれる。

その後の喧騒は凄まじかった。

《三村事件、再審へ》

《冤罪死刑、認定の公算》

号外が撒かれ、特別番組が放送され、札幌高裁はもちろん、東京の最高裁、法務省、検察庁も、記者の群れとテレビ局の中継車に包囲された。

二十九年前の七月二十日、野村鈴子は、午後三時頃、娘とともにプールから帰宅、その後、男をスナック「美鈴」に迎え入れた。午後七時過ぎに、三村孝雄が店を訪れて鈴子と雑談した時点で、男がすでに店の二階にいたのか、三村の後に来たのかはわからない。男は、午後十一時過ぎまで「美鈴」に滞在し、この間、鈴子と性交した。これは、午後十一時過ぎに、「美鈴」から走り出、北の方角に逃走した男を見たという、元タクシー運転手、横山健一の目撃証言とも一致する。そんな記事が飛び交った。

小樽港内にあるバー「灯」にも報道陣が殺到した。報道対応は、森田弁護士が一手に引き受けてくれたが、記者たちは、ひかりの所在を突き止めようと躍起になった。

マスコミは他にも、死刑判決を下した裁判官や検事の自宅を襲い、いまは引退したり、弁護士となっている彼らを、「殺人判事」「殺人検事」と呼んで、顔写真つきで報じた。

三村孝雄の死刑が、最高裁判決からわずか二年で執行された事情も明らかになった。

死刑囚の再審請求は、真に無実の訴えではなく、執行を引き延ばすための方便ともなっている。〝延命策〟と公言して憚らない弁護士さえいるほどだ。この状況を苦々しく思っていた当時の数人の検察OBが法務省に働きかけた。検察庁は、「検事総長でもまだ小僧」と言われるほどOBの力が強い。話を受けた法務省幹部は、一部の高検検事長と相談、再審請求前の死刑囚の中から、三村孝雄を選んで執行を急いだ。DNA鑑定でクロと出ているにもかかわらず、犯行を否認している極悪囚。それが選考の理由だ。そしてこれを機に、再審請求のいとまを与えず処刑する、早期執行の流れを作り出す計画だったという。

結局、再審請求の〝悪用阻止〟を焦ったあまり、真に再審すべき人間を殺してしまうという、大失態をしでかしたことになる。

科警研の元技官、生井響子の自宅にも記者たちが押しかけた。

しかし、門扉は固く閉ざされ、代わりに一枚のファックスが各社に送りつけられた。

〈再鑑定でMCT118の鑑定結果が否定されたことは甚だ遺憾に存じます。しかしながら、当時の技術と精度を以てすれば、私自身は、最善を尽くしたと考えております〉

生井響子は、捏造を認めず、なおシラを切り通すつもりらしい。


喧騒のうちに、一カ月近くが過ぎた。

ひかりは、ビジネスホテルの窓の遮光カーテンをそっと開けた。

隙間から通りの様子を窺う。

道路の向こうにランクルが一台駐まって、後部座席に携帯で話す背広姿の男が見える。新聞社の者かもしれない。どこから調べたのか、ついにこのホテルも嗅ぎつけられたようだ。

先ほど、六月十二日の午後一時過ぎ、札幌高裁刑事部の水谷静雄裁判長は、地裁の決定を取り消し、三村事件の再審開始の決定を下した。

森田事務所に行って、一刻も早く決定書を読みたかったが、無理みたいだ。報道陣に揉みくちゃにされるのはゾッとするほど嫌だった。父が逮捕された直後、母の実家にまで押しかけた報道関係者への不信感は、いまも躰に沁みついている。取材を受けるのは、東日の江藤だけだ。

カーテンを閉じて、小部屋のベッドに腰掛けた。

サイドテーブルに置いたビニール袋から、かりんとうを摘まみ出して、一口齧る。黒砂糖の、くどく古めかしい甘さが口中に広がる。かりんとうは父の好物だったから、この日のために買っておいたのだ。

小樽のバー「灯」の店内がよぎる。いつまでも閉めておくわけにもいかず、昨日から代わりの女性が入って切り盛りを始めている。森田弁護士と繋がりのある経営者だから採めることはなかったが、「灯」で働き続けるのはもう無理だろう。じきに職探しと家探しを始めなくてはならない。貯金が多少あるとはいえ、ホテル代などでおカネがどんどん飛んでいく。

当面の問題は、検察が再審開始の決定を不服として、最高裁に特別抗告するかどうかだ。森田弁護士は、その可能性は低いと見ている。抗告しても覆せる見込みがないからだ。とはいえ、ひかりにすれば気が気ではない。

その日の夕方のニュースは、法務大臣の辞意表明で埋め尽くされた。最高裁長官、検事総長らも近々辞任するのではないかとの見方が伝えられた。最高裁長官の引責辞任が取り沙汰されるのは前例がなく、冤罪死刑の衝撃の大きさを物語っていた。

※

大通公園に面した検事正室の大きな窓から、初夏の短い陽射しが差し込んでいる。照明が幾分落とされているのか、室内は薄暗く、それだけに、こちらに背を向けて立つ検事正の端整なシルエットを、外光が眩しく浮き上がらせている。

高瀬が入室しても、黒川は振り向くことなく、外を眺め続けている。

側面奥の会議用テーブルに視線を移すと、次席検事の西尾が腕を組んで瞑目している。

高瀬がこの部屋に来るのは、実に二カ月ぶりだ。

野村鈴子の下着の保管場所が書かれた「照会報告」。

高裁の即時抗告審で森田が明らかにした翌日、西尾の部屋に呼ばれた。

「道警から漏れた。内部調査を徹底するよう厳命した」

高瀬に口を開くいとまを与えず、西尾が開口一番、押しかぶせるように言った。

奥歯を思い切り嚙みしめたのだろう、西尾のエラが突き出し、高瀬にすえた両眼が、殺気に近い光を帯びた。

その気迫は、高瀬に暗黙の了解を強いていた。

何も言うな。墓場まで持っていけ。

「わかりました」

と、高瀬は応じた。

「それでいい」

西尾が、安堵と憤怒を呑み下すように頷いた。

西尾は、多分、その日のうちに漏洩元を突き止めたに違いない。そして強引にそれをもみ消し、道警に責任をおっ被せて有耶無耶な決着を指示したのだろう。

「照会報告」の漏洩元が高瀬であることが表沙汰になれば、それは即、検事が証拠の在処を知りながら隠蔽していたことになる。しかも検事正らが関与した地検ぐるみの工作だ。囂々《ごうごう》たる非難が巻き起こり、検察は死ぬ。黒川と西尾は、自分たちの腹の内ですべてを封印することに決めたのだ。

「照会報告」を、「月刊札幌」の葦沢に渡した時、葦沢は、「あなたのことは、口が裂けても口外しない」と断言した。しかし高瀬は、もしバレて、検事を辞めることになっても悔いはなかった。検察庁という組織の中で、いつしか良心が麻痺していた。〝社会のために〟という、検事になった頃の初心が、いつの間にか〝組織のために〟にすり替わっていた。組織防衛の論理を積み重ねていくことは、いつの間にか人を殺すことになる。そして見て見ぬふりをする。三村ひかりを救いたかっただけではない。自分自身の人間回復をも賭けていた。

これでよかったのだ、と思う。いまは、気持ちの中に、新たな芯が生まれたような気さえしている。この先は、まっとうな、当たり前の検事として歩むのだ。

「座りなさい」

黒川がようやく振り返った。口許にかすかに笑みを浮かべて、目で西尾の前を指す。腸《はらわた》は煮えくり返っても、顔には出さない。それがこの男の、最後のプライドなのだろう。

三村事件の再審阻止に失敗した、高瀬を含む四人への制裁は、数カ月の間に確実に行われるだろう。出世レースのトップを走っていた黒川もまた、将来を失った。

高瀬は西尾の正面に腰を下ろした。西尾が薄目を開けたが、すぐに閉じた。

「三村の件だが、検察の対応が決まった」

黒川が椅子を引き寄せながら言った。

札幌高裁が再審開始の決定を下した翌日、検察は首脳が集まって対応を協議した。ことはもはや札幌の手を離れている。

「きょうの夕方、検事総長が記者会見する」

検事総長が？

高瀬はわずかに目を見開いた。極めて異例だ。

黒川の口調は淡々としている。

「検察庁としては、決定に不服があるが特別抗告はせず、再審の場で、改めて三村の有罪を主張する。その方針を、検事総長が自ら話す」

どういうことだ？

高瀬は不審の思いで目を細めた。

再審は、最高裁の判例が示す通り、「その新証拠があれば、無罪判決の可能性が高い」と裁判所が認めた場合にのみ開かれる。特別抗告しないのは、一発で却下されるからだろう。にもかかわらず、敗けの決まっている再審の法廷で、なおも有罪を主張する……。

高瀬の表情を無視して、黒川が続けた。

「再審は、小樽支部から札幌地裁に回付されるだろう。公判は佐藤に担当させる」

佐藤は一期上の公判部の検事だ。

「君は、今月末付で刑事部に異動してもらう」

部屋に呼ばれたのは人事絡みかもしれないと思っていたから、驚きもなかった。刑事部で二、三カ月飼い殺された後、本格的な制裁の異動があるのだろう。

「はい」

「但馬部長にも伝えてある。ふふ、彼は激し易いんでね、きょうは遠慮してもらった」

但馬が高瀬の部屋に怒鳴り込んで来ないのは、黒川と西尾が止めているからだろう。

「話は以上だ」

黒川が視線を逸らした。

「わかりました」

高瀬はすばやく立ち上がった。

黒川にしてみれば、内示を済ませた以上、一秒でも同じ空気を吸うのは苦痛だろう。

ちらりと西尾を見た。相変わらず腕組みしたまま目を閉じている。以前、但馬が話していた、自分を東京か大阪の特捜に行かせてやろうとした西尾の親心は、本当だったろう。目をかけていた部下にこっぴどく裏切られた。

高瀬は、二人に頭を下げて検事正の部屋を出た。

扉を閉じると、目前に、磨き上げられた無機質な廊下が延びている。

地検の内部はどこも似たようなつくりだ。この先、どこに飛ばされようと……。

靴音が小さく響く。

それにしても――。

今夕の検事総長の記者会見で、検察は改めて三村の有罪を主張する。すでに決着のついた敗け戦で、それでも悪あがきのような行動に出る理由は何か？

胸に黒々とした煙が満ちて来る。

そうか……。

高瀬は歩みを止めた。

検察首脳の企みが見えて来た。

札幌地裁への回付。黒川はそう言った。

再審は、請求審と同様、本来、確定判決を出した札幌地裁小樽支部が担当する。裁判長は蜷川だが、これはすぐさま弁護側が、「前審関与」を理由に忌避するだろう。そこで札幌地裁本庁に担当を移すことになるのだが、最高裁はここでも必ず、蜷川と同類の、バリバリの体制派を裁判長に据える。

直毛をオールバックに撫で付けた、吊り上がった眼の男が浮かんだ。

札幌地裁刑事三部の総括裁判官、梶山勝明。

梶山は、四人いる刑事部の裁判長の中でも、最も保守的、検事も驚くほど強権的な判決を下す裁判官で、しかもいわゆる〝事務総局系〟だ。

再審は、間違いなく梶山が担当する。

梶山は、蜷川同様、自分の役割を十分に弁《わきま》えて訴訟を進めるだろう。

目の裏に、三村ひかりの顔が浮かんだ。

※

薄暮の空の、低い位置にある雲の下腹が、紅色《くれないいろ》に染まっている。

軒先に、錆びたプロパンガスボンベが十数本と大小の古タイヤが雑然と積まれ、長い鉄管が壁に立てかけられている。

函館本線の銭函駅の先を北に折れると、数軒の古い戸建てが並んだ一画に、「山井興業」という看板を掲げた店舗がある。「興業」と言っても、主《あるじ》がひとりで切り盛りしている零細な産廃業者だ。

「そろそろだな」

葦沢が車のデジタル時計を見て言った。

ひかりは黙って頷く。

すでに小一時間、葦沢の軽自動車の中で待っている。睨みつけるようにフロントガラスを凝視しているから、目が充血しているのがわかる。

脈が速く打っている。説得して、是が非でも「うん」と言ってもらう。そうでなければ、後がないのだ。

「山井興業」主人の山井仁八は、かつて二十年以上、近松五郎の店に勤め、番頭格として店を仕切っていた男だ。十年前に独立。葦沢の調べでは、近松の店を辞める時は、喧嘩別れのような状態だったという。

来た！

隣の葦沢の脇をつついた。

赤光《しゃっこう》に染まった丘をバックに、角を曲がって、白の軽トラがゆっくりとこっちに向かって走って来る。バンパーが凹み、タイヤも薄くひしゃげたボロ車。荷台には店先と同じく、プロパンガスボンベと古タイヤが積まれている。

ひかりはドアを開けて飛び出そうとした。

「待て」

葦沢が腕を摑んだ。

「車を降りてからだ。そのまま走って逃げられたらアウトだ」

頷いて、指をドアハンドルから離した。

軽トラが「山井興業」の前で駐まり、グレーの作業着を着た中年男が降りてくる。

「よし」

葦沢の声に、ひかりは、ドアを開けて飛び出した。

「山井さん」

小走りに近づき、声をかける。山井が訝しげに目を細めた。中背のがっしりした体格だが、眼許は疲れが染み出たように涙袋が盛り上がり、頬には無精ひげが伸びている。

山井は、ひかりの後方に立つ葦沢に目を留め、険悪に顔を歪めた。

「またあんたかい？」

「きょうは、俺だけじゃない。例の、三村ひかりさんをお連れしました」

「ええ？」

山井が改めてひかりに目を向ける。

「三村ひかりです」ひかりは、山井の前に踏み出した。

「わたしからもお願いします。是非——」

「いや、そう言われてもねえ」山井がうんざりした顔になる。「何度もはっきり断ってんじゃねえか」振り切るように歩き出す。

「いいえ。もう一度だけ、話を聞いて頂いて」

ひかりは、山井の前に回り込んで立ち塞がった。

「だからさあ、できねえって。この界隈でトラブったら、商売あがったりなんだ。あんたらのためにこっちが干上がる義理はねえさね」

「いえ、そこは、わたしたちが何とか——」

「ケッ。あんたらに何ができるってんだ。警察相手によう……」

山井がひかりの肩を押しのけた。

「待って下さい」

ひかりは追いすがった。


茶色く変色した畳敷きの小上がりに、七輪が置かれ、視界が霞むほどの煙が店内に充満している。

カンカンに熱した鉄板に、ジューと一瞬肉を押しつけ、まだ赤々とした奴をすぐさま口に放り込む。森田が若い頃は、それがジンギスカンを食う流儀で、ピンクの肉がたっぷり盛られた特大皿が見る間に重なっていったものだ。

が、いまはそうはいかない。

森田が六十一、向かいに座る江藤巧が四十九歳。中年二人組では、中皿一枚でももてあます。焦げた肉が鉄板の隅に寄せられて、いつまでも燻っている。

札幌駅の北側にあるこの店は、もう、四十年以上営業しているジンギスカンの老舗である。

北大にも近く、江藤が在籍していた三十年前は、連日満席だったらしいが、空調もない流行遅れの内装が嫌われたのか、本土から進出した安価な焼肉チェーンに押されているのか、客足は昔ほどではないようだ。

「久しぶりに肉でも食って精をつけましょう」

と、提案したのは江藤で、森田もすぐさま同意した。先週の検事総長の会見以来、意気消沈するひかりや葦沢を元気づけるためだ。

コップを手にした江藤が、森田の横の空いたスペースをちらりと見る。ひかりと葦沢はまだ来ない。

「ひかりちゃんの心中を思うとねえ」

江藤がやり切れないといった表情で、ビールを呷り、煙草に火をつけた。

森田も苦い思いで柚子酒を舐める。

検事総長が記者会見した翌日の各紙は酷かった。

《検察、有罪に自信》

《再審開始、決定に疑問》

《再審＝無罪は誤り》

これまでの司法バッシングが、どこかに吹き飛んだかのような、検察寄りの見出しが躍った。

「なんだこりゃあ」

その日の昼過ぎ、事務所に現れた江藤に森田はさっそく当てつけた。

「ウチはちゃんと書いてますよ」

江藤が憤然として、指でピンと東日新聞の紙面を弾いた。

《検察、有罪に固執》

《検察の敗北必至。首傾げる法律家たち》

「東京がやいのやいの言ってくるのを、ふざけんなって、北海道報道部が一丸となって、ようやくここまでやったんだから」

検察の出方が奇異なものであることは、まともな法律家なら全員が指摘するだろう。東日以外の新聞は相当にバイアスがかかったもので、事前にマスコミ工作が行われたのは明らかだ。マスコミへの検察の威光は、まだまだ強い。

「それにまあ、検察の悪あがきは、なにもいまに始まったことじゃないでしょう」江藤が苦笑した。「例えば袴田《はかまだ》事件でも、地裁が再審を決め、被告の袴田氏がすでに八十の老人なのに、それでも高裁に即時抗告した」

「ふん！」

不快さで、森田は思わず鼻を鳴らした。

最近の検察には、特に悪あがきの傾向が強い。一昨年の熊本の松橋《まつばせ》事件も酷かった。凶器の小刀と傷口が合わないという鑑定が出て、〝小刀に巻き犯行後に燃やした〟と検察が主張していたシャツが現存し、しかも血痕の付着もなかった。直接証拠があそこまで崩壊して、それでもなお、再審不服で抗告している。

「往生際の悪さは、検察の体質ですよ」

「だがな――」

森田は眼鏡をいじって、ぐいと江藤を睨んだ。

「今回の悪あがきは、中でも格段にタチが悪い。無罪にケチをつけるためだけの、いわば、公訴権の乱用みたいなもんだからな」

「検察の狙いは、一体、何です？」

江藤が森田を見つめた。

「〝灰色の無罪〟だ」

森田は吐き捨てた。

検察首脳は、三村事件の最終的な着地点をそこに置いたのだ。

冤罪死刑が認定されれば、現在、検察官が捜査や公判で持っている強大な権限は大きく削がれる。学界や弁護士会、政官界、マスコミが、千載一遇のチャンスとばかりに、一斉に見直しを求め、確実に刑訴法の改正に至るからだ。

「ある程度の権限喪失は連中も覚悟してるさ。だがな、〝まっ白な無罪〟、つまり百パーセントの検察の過失を認めてしまえば、際限のない後退へと追い込まれる」

「なるほどね」

江藤が呆れた顔で肩をすくめた。「嫌疑濃厚なれど、証拠不十分の無罪という決着が、譲れないってわけだ」

「しかも、裁判長は梶山だ」

森田は舌打ちした。

焦げた肉が燻って、煙が目に入った。

それまで感じなかった羊肉の匂いが、急に濃厚に鼻先に漂った。のっぺりした検事総長の顔が瞼をよぎり、叩きつけたいような怒りが込み上げる。

ハンカチで眼鏡を拭いてかけ直した時、入り口の扉が開いて葦沢の顔が覗いた。

「遅くなっちまって」

後ろにひかりが立っている。

どうだった、山井は？

訊こうとして、森田は言葉を止めた。

ひかりが疲れ切った顔をしている。

「ご苦労さん、さあさあ、ガンガン食おう」

森田は励ますように笑みを作った。


森田たちとジンギスカンの店を出て、ひかりは葦沢を呑みに誘った。例の、凝った和紙の提灯が灯る、薄野の居酒屋だ。

ぽつりぽつりと、山井のことなどを話し、途絶えがちな会話の合間に、焼酎を呷った。

ひかりは、数年前に読んだノンフィクションの書物を挙げて、葦沢に訊いた。

「あの本の、免田さんの話、覚えてる？」

「ああ……」

「それを思い出してた」

「やめとけ」

葦沢が顔を逸らした。

その本の一節がひかりの脳裏に刻まれている。

免田栄は、殺人罪で死刑判決を受け、再審の結果、実に三十四年ぶりに無罪を勝ち取った。

そのノンフィクションの文章は、無罪判決が確定した一九八三年に、免田を取材した記者が記したものだ。

《熊本市内で夕食を一緒に取り、帰路タクシーを拾った。後部座席で車窓に目をやっていた免田さんが、ふと思い出したように前方に顔を向けるとこう言った。

「あんた、免田って人、どう思うね？」

尋ねた相手は運転手だった。当時熊本で「免田事件」を知らない人はいない。免田さんは続けた。

「あの人は、本当は殺っているかね、それとも無罪かね？」

ハンドルを握る運転手は、暗い後部座席の顔が見えない。まさか本人が自分の車に乗っているとは微塵も思わなかったのだろう。

「あぁ、免田さんね。あん人は、本当は犯人でしょう。なんもない人が、逮捕なんかされんとですよ。まさか、死刑判決なんか出んとでしょう。今回は一応、無罪になったけど……知り合いのお巡りさんも言ってたと」笑ってハンドルを回した。

「そうね……」免田さんは、目線を膝に落とした。

人は、ここまで寂しい表情をするものなのか――》

（『殺人犯はそこにいる』清水潔著　新潮文庫）

無罪になっても、誰もが無実を信じるわけではないという現実を、強烈に示した一文だ。

いま、検察がやろうとしていることは、この理不尽な現実を利用して、三村事件の決着を灰色に貶めることだ。

ひかりは怒りの昂ぶりを抑え切れず、やたらと呑んだ。

「そろそろ行こう」

葦沢に言われて立ち上がった途端、よろめいた。直後に、ぐるりと天井が回転した。

視界が上下に揺れている。

胸から腹にかけての密着部分が、じんわりと温かい。

おんぶされるのなんて、何年ぶりだろう。子供の頃、父に背負われて以来だ。深夜とはいえ、人通りはまだある。さぞかし奇異な眼で見られているに違いない。

「吐くなよ」

葦沢の、忌々しげな声がする。

「俺の餅肌のうなじがゲロまみれだ」

「ふん……」

言わなきゃいいのに。言われると、また胃がムカムカしてくる。

あれから、トイレに駆け込んでさんざん吐いた。その後まともに歩けず、ホテルが近いこともあって、この体たらくとなったのだ。

葦沢のタンクみたいな肉体は、確かに筋肉の塊らしい。細身とはいえ身長一六四センチのひかりを背負って、よろけることなく歩くのだから。

人肌の温もりと、鼻孔をくすぐる葦沢の汗の匂いが心地よい。が、目を閉じると、夕方追いすがった山井仁八の顔が現れ、口惜しさが込み上げる。

ゆさゆさと揺れが続く。

葦沢の背中に、甘えるように顔を埋めた。

葦沢の肩の肉がピクリと動いた。

ひかりは両手を伸ばして、太い首にすがりついた。

※

八月七日。三村事件の再審公判が始まった。再審は請求審と違い、公開された法廷で行われる。札幌地裁のさして広くない傍聴席は、報道陣でぎっしり埋まっている。

ひかりは、記者たちに囲まれるのを避けるため、開廷の直前に、前の入り口から入り、傍聴席の最前列に腰を下ろした。

法廷は、右手に森田が座り、左手に佐藤という検察官がいる。青白い、いかにも体温の低そうな男だ。俯いてぼそぼそと喋るから、発言がよく聞き取れない。

正面の高段には、裁判長の梶山勝明。左右に陪席を従えて傲然と廷内を見下ろしている。森田によれば、名うての保守派裁判長ということで、眼鏡の奥の吊り上がった両眼が、前の裁判長の蜷川とよく似ている。

さっき、正面の梶山をキッと睨みすえてやった。

でも、もうしない。

法服をまとって廷内を睥睨する裁判長は、権力そのものだ。ひかりの視線など、芥子粒《けしつぶ》ほどにも感じないだろう。

弁護人の前の被告人席だけが、ぽっかりと空いている。

裁判は、被告人不在で罪状認否は省かれたものの、検察官の冒頭陳述、弁護人の反論、証拠申請、尋問……と、三十年近く前と同じことを繰り返す。

ひかりは、目の前の光景を虚ろな目で眺めた。本来なら、父の無実が刻々と証明されていく、喜びに満ちた場となるはずだった。

　しかし、いまここで繰り広げられているのは、愚にもつかない茶番劇。裁判官の法服が黒いのは、何色にも染まらないことの象徴だというが、この法廷の判事たちの法服は、悪に染まった黒衣に見える。市民の多くは、裁判官を尊敬の目で見ている。良心に従って正しい判決を下してくれるだろう、冤罪が生じたら、真摯に対処してくれるだろう、そう信じている。だが、ひかりが目の当たりにした司法の世界の現実は、あまりにもかけ離れたものだった。

　二カ月前、検事総長が記者会見した翌日、事務所に呼ばれた時の森田の表情が浮かぶ。

　この人には珍しく、森田は突き上げる感情を抑えるかのように、度々コップの水を呑みながら話した。

「裁判のシナリオはすでにできている。審理はその筋書き通りに進むだろう。裁判長の梶山は、すでに判決を書き上げているはずだ」

　主文は無罪。

　これは初めから決まっている。

　梶山の〝腕の見せ所〟は、主文に続く「理由」だ。

《情況証拠等から見て、被告人の嫌疑は濃厚と言える。しかし、有罪とするにはなお一抹の合理的な疑いが残り、疑わしきは被告人の有利にという、推定無罪の原則を以てすれば、無罪とするのが相当である》

おそらく、そんな内容になるだろう。

ひかりは、視界が暗くなるほどの怒りを覚えた。

それではまるで、罪を被せたまま、形だけ無罪にするようなものではないか。

森田が苦渋の顔で続けた。

「連中が狡猾《こうかつ》なのは、無罪を利用することだ。無罪判決であれば、勝訴したこっちは控訴できない。検察が控訴しなければ、判決は確定してしまう」

父は、半分無罪、半分有罪の、灰色の人物として歴史に刻まれることになる。それが、誤って死刑にした者に対する、司法の仕打ちなのか。

「MCT118の鑑定が否定されたことで、野村鈴子と性交した男が別にいることは揺るがせない。だから検察は、証拠構造を変えてくる」

「証拠構造?」

「被害者の体内に残った精液痕が有罪証拠の柱ではない、柱は、三村孝雄氏の車が深夜まで被害者宅に駐まっていたという目撃証言だ、そういうふうに、証拠の組み立てを変えてくる」

「よくわかりません」

「検察が再審開始の決定に難癖をつけてくるのは、おそらく、野村鈴子が性交した時間だろう」

「というと？」

「事件当日、鈴子は娘を連れてプールに行き、午後三時過ぎに帰宅した。その後、三村孝雄氏がスナック『美鈴』を訪れたのが午後七時過ぎ。四時間のインターバルがある。鈴子と男はこの間に性交し、男は去った。そして現れた三村氏が……というのが、検察の主張する新たな筋書きだ」

「それ、おかしいじゃないですか。性交したことが、父が『美鈴』に滞在した証拠だ、だから犯人は父だ、それが元の判決の理屈でしょ？　それなら、初めから精液痕は必要な証拠じゃなかったと？」

「その通りだ。それがまさに証拠構造の変更だ」

「そんなバカな……」

噛みしめた唇から、血が滲みそうだった。

「精液痕を証拠として有罪認定し、その証拠が崩れた以上、原判決は成立しない。検察もそれは承知。承知の上で、印象操作として証拠構造の変更を言い張る」

「……」

「検察や裁判所は、近松の目撃証言をよりどころに、三村氏が深夜まで『美鈴』にいた疑いはなお残る、とするつもりだ」

「でも、あの証言は偽証――」

森田が、黙って頷いた。

「崩します」

ひかりは、きっぱり断言した。「近松のウソを突き崩す。灰色無罪を食い止めるにはそれしかないじゃないですか」

妙なことに、気づいたら、唇が笑っていた。

翌日から葦沢と二人で、再び近松五郎の身辺を洗い始めた。

偽証を工作したのは、道警の元警視、宇崎秀夫だ。近松は「宇崎とは事件以前に面識はなかった」と、天道裁判長時代の請求審で証言している。これがウソで、事件前から宇崎と昵《じっ》懇《こん》の間柄だったことが証明できれば、近松の偽証の裏づけができる。

近松の店の従業員、顧客などに当たり、見つけ出したのが産廃業者の山井仁八だった。葦沢に対し山井は、事件前、近松と宇崎とともに、船を仕立てて沖釣りに行ったことがある、と話した。

ネタは摑んだ。

でも、ダメだった。

山井は法廷での証言を頑なに拒み通した。

法廷では検察官がぼそぼそと喋っている。耳を澄ますと、次回の法廷に近松五郎を証人として呼ぶという。梶山裁判長は直ちに承認するだろう。

もう沢山だ。

ひかりは立ち上がって、傍聴席をあとにした。

記者の目を避け、エレベーターを三階で降り、長い通路を歩いて裁判所の別館の裏口から外に出た。

駐車場のモスグリーンの軽自動車の窓ガラスをコツコツと叩く。葦沢がドアロックをはずした。

「早いな」

「これ以上、お芝居を見ていても仕方ないもの」

裁判所を出ると、車窓を大通公園の緑の氾濫が流れていく。

「法廷で、江藤のおっさんと会ったかい？」

前方を見ながら葦沢が訊いた。

「ううん。いなかったみたい」

「やっぱりなあ。おかしいんだ……」

　葦沢が考える目つきになっている。

　そう言えば、ここ二週間ほど、江藤の姿を見ていない。いままではほぼ毎日、森田事務所に顔を出していたのに。それに、三村事件の記事は、東日では江藤が中心になって書いている。公判を取材しないというのも、変と言えば変だ。

「携帯にも出ねえんだ。東日の奴に訊いたら、会社にも来てないらしい」

「風邪でもひいたのかな」

「いいや、自宅にもいねぇ。もしかして、実家でなんかあったのかもしれないと思って電話したが、おっさんは顔を出していない」

「実家って、江藤さんの？」

「ああ、おっさんの実家は小樽の開業医だ。おっさん、頭悪くて医者にはなれなかったらしい」

「ふうん。江藤さん、小樽出身なんだ……」

「なーんか、におう」

　葦沢が鼻を擦った。

「におうって？」

「ここそやってやがる」

「取材って意味？」

「うん」

「わたしたちに内緒で？」

「森田のおっさんとは、時々話してるみたいだ。ってこたあ、俺たちを避けてる」

「ええっ？　わたしも？」

「うん」

江藤の顔が浮かんだ。わずかに垂れた、優しげな細い眼。長い指で前髪を掻き上げる仕種。

「そんなあ、あなたはともかく、わたしを避けるなんて。電話しちゃお」

ひかりは携帯を耳に当てた。呼び出し音が鳴るだけだ。

「ホントだ……」

「なーにしてんだか」

葦沢が首を捻ってハンドルを切った。

裁判は、ひかりが去った後、検察側の近松五郎の証人申請が認められたという。弁護側は宇崎秀夫を証人申請したが、検察が反対し裁判長も保留にして、事実上、認められなかった。

どっちにしても同じことだ。山井の証言がない以上、偽証を暴く道は閉ざされている。

ひかりは、職探しに札幌のハローワークに通い始めた。

江藤巧から電話があったのは、数日経った月曜日の深夜だった。

「ひかりちゃん？」

ちょっと鼻にかかった特徴のある声。が、内緒話をするように潜めている。

「江藤さん、最近、どうしちゃったんですか？　姿も見せずに」

ひかりは笑い声で言った。

「明日になれば、理由がわかる」

「明日？」

「明日のウチの朝刊を見てほしい。その後、十時過ぎに森田事務所で会おう」

江藤はそれだけ言うと、遮るように通話を切った。

変な電話……。

含んだような言い方は、江藤らしくない。

翌朝、ひかりは葦沢からの電話で叩き起こされた。

時計を見ると、まだ五時だ。

「コンビニで東日を買え！　えらいことになった！」

血相変えた声がする。

「なにが？」

髪を掻き上げ、寝ぼけまなこで瞬きした。

「ともかく読め、読んだら、即、電話くれ！」

ひかりは慌ただしくシャツをはおり、ジーンズをはいて、ホテルの下のコンビニに走った。

〈明日のウチの朝刊を見てほしい〉

昨夜の江藤の言葉が浮かぶ。

コンビニの新聞スタンドから、畳まれた東日新聞の紙面の一部が覗いていた。「自供」という大きな文字が見える。

引き抜いた途端、目を剝いた。

黒地に白抜きの大見出しが、一面を真横に貫いている。

《真犯人が自供の書簡　再審の三村事件》

《毛髪を同封、鑑定が一致》

ど、どういうこと？

巨大な活字に焦点が合わない。

ゴクリと唾を呑み込んだ。

リードは、いつもより一回り大きな活字で打たれ、新聞社の昂奮ぶりが伝わってくるようだ。

慄える目で、記事を追った。

《再審中の三村事件について先月二十日、本社北海道支社に、真犯人を名乗る人物から書簡が届いた。書簡の筆者は、氏名は明かしていないものの、二十九年前の小樽市での母娘殺害を自らの犯行と認め、その証拠として、自分のものだという、毛髪数本を同封してきた。東日新聞では、真偽を確認するため、法医学が専門の本間周平東都大学教授にDNA鑑定を依頼、その結果、毛髪のDNAは、被害者の下着に付いた精液痕のものと一致した。また書簡に書かれた内容も、犯行現場の情況など、具体的で詳細な事実を含んでおり、差し出し人は、真犯人の可能性が極めて高い。

真犯人の告白は、処刑された三村孝雄氏の潔白を決定づけるもので、無実の人間を誤って死刑にした〝冤罪死刑〟が、あらためて証明されたことになる》

ひかりは、新聞を広げたまま立ち尽くした。

どういうこと？

自分の呟きさえ、水の中にいるみたいにぼやけて聞こえた。

「お客さん……」

控えめにかけられたコンビニの店員の声で、はっと我に返った。

カネを払って、自動扉の外へ出て続きを読んだ。


《真犯人がなぜいま、犯行を自供する書簡を送りつけたのか、動機は記されていない。三村事件の発生は一九八九年。時効が成立し、真犯人はたとえ人物が特定されても訴追されない可能性が高い。このことも告白に踏み切った理由のひとつとみられる。

三村事件の再審は、現在札幌地裁で審理中だが、検察側は故三村氏の有罪を執拗に主張している。この告白で有罪説は根底から崩壊する。検察の有罪主張には、当初から多くの法律家が疑問を呈し、「悪あがき」との批判の声が起きていた。検察はこの際、いたずらに裁判を長引かせることなく、直ちに三村氏の無罪を宣言すべきだろう。

（北海道報道部　編集委員　江藤巧）》

ただひとつの言葉が、ひかりの頭を占拠した。

真犯人……。

野村鈴子と幼い娘を殺した男は生きていた。

父に罪を被せ、死刑になるのを、口をつぐんで見ていた男。

真犯人は二十九年間、闇の中でじっと息を殺し、時効が過ぎたいまになって、闇の中から這い出て来た。

新聞をぐしゃりと丸めた。

気が遠くなるほどの怒りで、目の前の景色が歪む。

父を殺した男。

そう、真犯人は、鈴子母娘だけではなく、父をも殺したのだ。

その存在を、これほどまでに身近に感じたことはなかった。

ホテルの入り口に向かって歩き出した。

自分の体重が失われたように、足下が希薄で存在感がない。頭の中が真空のようだった。

ただ、憎悪という言葉の真の意味を、生まれて初めて知った気がした。

第六章　犯人

三村事件の再審は、九月十一日の第三回公判で、急遽、結審した。検察が無罪を論告したからだ。検察は、東日新聞から提供された毛髪を再鑑定、有罪の立証を断念した。

まっ白な無罪。

ひかりの切なる望みは、奇しくも真犯人の登場によって達成された。

マスコミはこの経緯を大々的に報じたが、自ら墓穴を掘った検察幹部への追及も凄まじく、九月末、ついに検事総長が辞任した。

森田事務所は急に慌ただしくなった。民事専門の弁護士たちが出入りし、国家賠償請求の準備が始まったからだ。

三村孝雄の十一年に及んだ拘禁の刑事補償や逮捕前の収入から予測した逸失利益の算定もあるが、何より、国家が無実の人間を殺した責任をどう賠償額に反映させるか、弁護士たちは海外の例などを調べながら頭を捻った。

森田の提案で、ＭＣＴ１１８の鑑定データを捏造した、元科警研技官、生井響子についても、鑑定を捏造することは職務範囲を超え、個人の責任を追及できるとして、賠償責任の対象に加えることになった。

森田は、ＭＣＴ１１８問題そのものの本格的な追及にも乗り出した。

ＭＣＴ１１８鑑定は、警察庁直轄の科警研が一九八九年から運用態勢を整え、九二年から順次、各都道府県警に所属する科捜研でも導入された。しかし、導入直後から、二百人に一人の確率で別人の型と一致してしまうほど誤差が大きく、また判定も技官の技量によるところが大きいことなど、多くの問題が指摘されていた。にもかかわらず警察庁は、欠点を公表するどころか、逆に〝絶対の信頼性〟を強調して、鑑定を実施し続けた。

警察庁がＭＣＴ１１８の不安定さを認め、他の鑑定方法と併用するよう指導し始めたのは、実に四年後の九六年からで、この間に百四十件以上の事件でＭＣＴ１１８が使われ、判決に影響したとみられる事件は少なくとも九件ある。そのうちのひとつが足利事件であり、三村事件であった。

森田らは、ＭＣＴ１１８鑑定が使われたすべての事件の検証を要求するとともに、残る七件の裁判のやり直しを求める。

アメリカでは、過去のＤＮＡ鑑定の信用性が乏しいことから、囚人が希望すれば、最新技術での再鑑定に応じる「イノセンス・プロジェクト」が実行され、すでに二百件を超える冤罪が明らかとなっている。森田らは、日本でも再鑑定ができるよう法改正を提起し、冤罪の防止に腰が重い日本の司法に改革を迫る。

ひかりは、積極的に弁護士たちの打ち合わせに参加した。父の名誉が着々と回復していく喜びは大きかった。

しかし、胸を突き刺すのは、真犯人の存在だ。

時折、鳩尾《みぞおち》の辺りから突き上げる、真っ赤に灼けた刃のような憎悪。それは自分でも持て余すほどの力を以て、ひかりを真犯人の追及に駆り立てた。

葦沢とともに、真犯人が東日新聞に送りつけた書簡の内容を分析した。

書簡はパソコンで打たれ、不気味なほど素っ気ないものだった。

《一九八九年の七月二十日、小樽市花園四丁目の「スナック　美鈴」内で、野村鈴子と娘・優子を殺害したのは、私です。

同日午後八時過ぎ、かねてから懇意だった鈴子宅を訪れました。娘の優子が二階で就寝中だったため、一階の店舗スペースで鈴子と性交しました。その後、午後十一時前、同女と口論になり、付近にあったタオルで絞殺しました。

気がつくと、娘の優子が階下におり、現場を目撃していたため、同じタオルで絞殺しました。野村鈴子は当時、赤いミニのワンピース、優子は胸にミッキーマウスが描かれたTシャツに紺のジャージのズボンを穿いておりました。二人を殺害した後、凶器のタオル、自分が使ったグラスなどをリュックに詰めて鈴子宅を出ました。途中、タクシーと接触し、腰の辺りを打撲しましたが、そのまま逃走しました。

証言が真実であることを証明するため、私自身の毛髪を同封します。

また、店のレジ脇に、私の所持品で、以前忘れていったカラビナが置いてあったはずです。動転していたため、これを持ち帰るのを失念したものであります。

この書簡、並びに毛髪を、司直の手に委ねることに異存はございません》

検察が書簡を真犯人のものと断定した根拠は、DNAの一致に加えて、カラビナ（＝開閉部のついたリング状の金具）の存在も大きかった。これは当時重要視されなかったものの、店舗のレジ付近から確かに押収されており、犯人しか知り得ない「秘密の暴露」に当たる。

しかしながら、犯人は、鈴子と親しくなった経緯や時期、口論の理由、逃走経路、いま告白する動機など、自分にたどり着く手がかりとなることには、一切触れていない。

森田事務所のパーティションで仕切られた一角で、ひかりは毎日、葦沢と額を寄せ合って話し込んだ。

「警察はろくに捜査しないさ。時効だからな」

と、葦沢は言う。

時効――。

その言葉がひかりの胸を抉る。

殺人の公訴時効は、刑訴法の改正で廃止された。しかし、新法の施行日である二〇一〇年四月二十七日以前に時効が完成している犯罪には適用されない。一九八九年七月に起きた小樽母娘殺しの時効は二〇〇四年で、真犯人が罪に問われることはない。

「もし身元がわかって、野村鈴子の遺族が賠償請求をしたって難しいだろうな。二十九年も経てば、除斥っていう民法上の時効が成立しちまう。残念ながら真犯人は鉄壁の守りの中だ」

卑怯な……。

真犯人は安全圏にいる。この国は無実の父を殺したくせに、時効をたてに真犯人は守るのだ。

森田弁護士によれば、犯人を罰し得る可能性が、まったくないわけではない。

海外に長期間住んでいた場合だ。出国中は、時効が停止する。時効の完成は十五年間。事件発生の一九八九年七月二十日から時効廃止の新法が施行される二〇一〇年四月二十七日までは二十年九カ月と七日。もしこの間に犯人が五年九カ月と七日を超えて海外におり、時効が完成する前に新法が施行されていれば、時効はなくなる。

「多分、真犯人は刑訴法の改正による時効廃止が、自分には適用されないことを知っている。法律に詳しいか、少なくとも条文を理解する人間ということだ」

葦沢が顎を撫でる。

「頭のいい奴ってことね」

「そうだ」

北大生。

野村鈴子が水商売仲間に語っていた恋人像が浮かび上がる。

「それと、もうひとつの手がかりはカラビナだ」

カラビナは、最近ではキーホルダーなどとして使われる金属製のリングだ。楕円や四角の一辺に開閉式のゲートがあって、ジーンズのベルト通しやロープをくぐらせると、落ちることなく物を吊るせる。犯人の残したカラビナは、アルミニウム合金の登山用で、側面に「ロックドロー」という、製造元が刻印してある。

真犯人は、山登りの趣味があった。

「カラビナは実は、建築でも使われる。登山用は素材が軽合金、建築用は足場などの命綱と一緒に使われるから、ごつい鉄製が多い」と葦沢は言い添えた。

ひかりは、父の遺品の書簡を引っ張り出した。

処刑の前日に書かれた弁護士宛ての手紙は、「そう言えば、鈴子の愛人の件ですが、カラ」と書きかけて終わっていた。

父は、偶然、「美鈴」でカラビナを見たのだ。おそらく、無意識にちらりと一瞥しただけだろう。そのかすかな記憶が戻って、鈴子の愛人と結びついた。

建築士だった父は、登山用か建築用かを見分けることができたはずだ。手紙の続きには、「鈴子の愛人は山男」と書こうとしたのではないか。

山登りの趣味がある北大生。

いまは五十前後になっている男。

それが、おぼろげに浮上した真犯人の輪郭だ。

ひかりは、カラビナの写真を手に札幌市内のスポーツ用品店を回り始めた。いまでは通販で容易に手に入るカラビナも、当時は店頭で買っていただろう。昔の帳簿類、客のリストなどを見せてもらい、「ロックドロー社製のカラビナ」を購入した若い男たちの名前を書き止める。

一方、葦沢は、北大の当時の山岳部やワンダーフォーゲル部、登山の同好会やサークルの名簿集めに乗り出した。

十月七日、森田事務所でささやかな祝いのパーティがあった。

デスクの上に、チーズや乾き物を盛った紙皿が置かれ、ビールとワインの瓶が並ぶ。

江藤の新聞協会賞の受賞が決まったのだ。

受賞の理由は、真犯人の告白スクープを含む一連の三村事件の報道だ。葦沢によれば、世間一般の人々が興味も関心も示さないこの賞も、新聞の業界内ではたいしたもので、受賞社と記者にとっては、お祭り騒ぎの大金星なのだそうだ。

東日新聞の報道部長も来て、森田やひかりに丁寧に礼を述べた。

事務所の真ん中で、報道部長のスピーチが始まった。

「いまをときめく江藤先輩でございますが、ご実家は小樽の開業医で、三人のご兄弟のうち、医師になれなかったのは、先輩だけでありました。大学も裏表八年、律儀に上限いっぱいまで務められ――」

洒脱な語りに笑いが起こる。

その横で江藤は、前髪を掻き上げながら、照れ笑いを浮かべている。

「ふん！　おっさん、鼻高々だ」

ビールの入ったコップを手に、葦沢はシラケた表情だ。

同業者として、江藤に嫉妬しているのかもしれない。仏頂面をからかいたくなって、ひかりはクスリと笑った。これまで陰に陽に、冤罪晴らしに協力してくれた江藤が評価されたことは、ひかりにとっても喜びだった。

頃合いを見てパーティを抜け出し、ひかりは小樽に向かった。

当時札幌で山岳グッズの店を経営し、いまは引退して小樽に引っ込んでいる老夫婦を訪ねるのだ。

スポーツ用品店回りは、老舗の大店から中小の同業者と、それに加えて廃業した店も教えてもらい、一軒一軒潰しているのだが、結果は芳しくない。なにしろ三十年近くも前の話だ。もともと、闇夜に鉄砲を撃つような作業なのだ。

葦沢の北大の山岳サークル調べも進んでいない。北海道は登山の盛んな土地柄で、北大にも同好会は沢山あるし、大学以外の団体に所属したり、個人で楽しむ者も多い。

小樽駅の南東の、山田町に住む老夫婦の住居を訪ねたが、昔の帳簿類は廃業の際に、処分してしまったとのことだった。

無駄足を覚悟で来たものの、やはり、空しい気持ちは否めない。

老夫婦の家を出ると、周囲はすでに濃い闇が立ち込めていた。

山田町から駅に向かう途中に、花園町がある。

昔、「美鈴」から出て来た男が逃げ込んだ住宅街を、わけもなく彷徨ったことを思い出す。ものついでに住宅街に寄ってみた。以前と似たような家並みが続いている。小路を抜けて大通りに出ようとした時、ひかりは、はっとして足を止めた。

視界を何かがよぎった気がしたのだ。

遠い昔に見た、忘れていた光景が、不意に甦るような感覚だ。

何だろう……。

引き戻される思いで振り返り、周囲をぐるりと見回した。

何もない。誰もいない。

ただ、小ぶりな一戸建ての住宅が、坂に沿って整然と並んでいるだけだ。

何だろう……。

不可思議な気分で、記憶の欠片を呼び起こそうとした。

と、白い蛍光灯の光が眼に入った。

丁字路の角にある、縦長の看板。

赤い鉄柱に付けられ、闇に浮かんだ医院の看板。

そうだ、十四年前に、この辺りを彷徨った時も、暗闇の中でその看板を見た。

〈江藤医院〉

看板の文字に、ドキリとした。

さっき、森田事務所で聞いた、東日新聞の報道部長のスピーチが頭の中で反響した。

〈ご実家は小樽の開業医で、三人のご兄弟のうち、医師になれなかったのは、先輩だけでありました〉

躰が冷えたように固まっていった。

ひかりは丁字路に向かって駆け出した。

蛍光灯の看板の下に、低い煉瓦塀、駐車スペース、奥に二重ガラスの扉。手前に診察日に丸をつけた表が掲げられ、そこにも大きく江藤医院と書かれている。

南の方角にくるりと躰を向けた。

この先が花園四丁目。スナック「美鈴」の跡地に建つアパートもそこにある。

事件当夜、「美鈴」を飛び出した真犯人は、タクシーと接触、北の方角に走り去り、この住宅街で姿を消した。

もし、犯人の家がこの住宅街にあって、そこに逃げ込んだとしたら……。

呼吸が苦しくなってきた。

江藤は北大の出身だ。年齢も五十前後。二十九年前は、現役の学生だった……。

まさか！

長身。癖のある髪。幾分茫洋とした、優しい風貌。

江藤の顔が瞼の裏を浮遊する。

ふらふらと駅に戻って、携帯で葦沢に電話した。

どこかで取材中なのか、背後に人の声のざわめきがある。

「もっと、嫌なこと教えてやろうか」

葦沢がダメ押しのような言い方をした。

「なに？」

不気味な予感が胸を締めつける。

「きょう、陵東会っていう北大の山岳同好会の名簿を手に入れた。そこに、江藤巧の名があった」


眠れずに夜を明かし、翌日の昼前、葦沢と会った。

腹が減っているというので、ホテルの近くのファミレスに入った。

葦沢はハンバーグとエビフライのセットを注文し、水をゴクリと呑み干して口を開いた。

「東日への例の手紙、最大の謎は、真犯人が、なぜ今頃になって犯行を自供したのか、その動機だったよな」

「うん」

ひかりの頼んだコーヒーが来た。

「仮に、江藤のおっさんが真犯人だとすると、謎は解ける」

「どうして？」

「スクープだ。もっと言えば、新聞協会賞だ」

「まさか」

バカバカしい、そんなもののために、とひかりは呆れた。

「いいや。ブンヤなんて、所詮、見栄と功名心の塊だ。江藤のおっさんだって例外じゃない。それに、おっさん、北海道の地方採用で、この先、出世の見込みもない。編集委員なんざ体《てい》のいい窓際族みたいなもんなんだ。現に、昨日来た報道部長は歳下だった。あと二年もすれば、いいとこ資料室行き。喉から手が出るほど勲章が欲しかったとしても不思議じゃない」

「だからって――」

「いいか」

葦沢がキッと目をすえた。「真犯人は、裁判のことを熟知していた。検察が何をしようとしているのか、それをひっくり返すにはどんなことが必要か」

「それは、ニュースを細かく見ていれば」

「もちろんわかる。しかし、裁判の進行状況まではわからない。再審公判は、梶山があと二、三回で強引に結審させる見通しだった。手紙はまさに土壇場のタイミングで出て来た」

「……」

「さらに、なんで犯人は東日を選んだ？　北海道で圧倒的に強いのは道新だ。全国紙のシェアは低い。敢えて、全国紙にこだわったとしても、もっとデカい社がある。なのになぜ東日なんだ？」

「それは……」

ハンバーグとエビフライ、大盛りライスが到着した。

「北大生、山男、新聞協会賞という動機、江藤医院の場所、裁判の知識、東日の選択。さらに言えば、おっさんの血液型は確かA型。真犯人と同じだ。これだけ条件が揃う人間は、そうはいない」

葦沢がナイフで刻んだハンバーグをライスにのせて、黙々と食べ始めた。

ひかりは、その姿をじっと見つめた。

この人はいま、本当は辛いんだろうと思った。葦沢は、苦しい時ほど、軽々しいほど何気なく振る舞う癖がある。葦沢と江藤は、森田を通して長い付き合いだ。互いに悪口を言い合いながらも、同業同士、助け合い、励まし合ってきたのではないか。

もちろん、信じたくないという気持ちはひかりも強い。江藤の温顔と、凶悪な犯人のイメージは重ならない。それに、犯人が東日を選んだのは、この件ではこれまで、東日の報道が一番まともだったからとも考えられる。

しかし、その一方、葦沢が言う通り、ここまで条件が揃う人物はいないという疑念が、抑えようもなく膨らんでいく。

もし、江藤が真犯人だとすれば、彼はひかりの苦悩を目の当たりにしながら、何食わぬ顔で手助けの芝居を続けていたことになる。

「でも、まだ、断定はできないよね」

ひかりは、自分に言い聞かせるように言った。

「うん。断定はできない。けど、断定するのは簡単だ」

葦沢がエビフライを齧りながら、こともなげに言った。

「江藤のおっさん、煙草吸うんだ」

「煙草？」

「ああ、酒呑んだ時だけな」

「だから？」

唐突に、何が言いたいのか。

「俺が明日にでも、おっさんと呑む。キミは要らない。おっさん、フェミニスト気取りで、女性の前では吸わない」

「だから、それが何？」

ひかりは焦れた。

「いつもながら鈍いな。吸殻を東都大の本間先生に持ち込めば、一発じゃないか」

あっ、と声を上げた。

DNAだ。真犯人の弱点は、DNAを晒したことだ。鑑定されれば、一巻の終わりだ。

葦沢はそれからぱたりと口をつぐみ、黙々と食事を続けた。

三日後、葦沢が、DNAの鑑定結果が出るまでに一週間ほど必要だと伝えてきた。

ひかりは、ホテルの小部屋に籠もって過ごした。

気を紛らわせるために、職探しに行こうかとも思うが、脱力したように腰に力が入らない。

ベッドの上に寝転がって目を瞑ると、闇の中に江藤の貌《かお》が現れる。貌は、仮面を入れ替えるように、温顔から怒りの形相、そして口角をヒクつかせてせせら笑う表情まで、様々に変化する。

何度も打ち消そうとした。

しかし、江藤への疑惑は、もはや確信に近い強さで胸の内に根を下ろし、昏《くら》く燃え上がる憎悪へと形を変えつつある。ここまで条件が揃う人間が他にいるとは、どうしても考えられないのだ。

父を殺した犯人が、平然とわたしを取材していた……。

江藤が真犯人だとしても、制裁する術はないと、葦沢から繰り返し聞かされている。マスコミも法的責任が問えない以上、人名を出すことは控えるだろうとのことだった。

江藤の夢を見て目覚めた朝、シーツが人型そのままに、ぐっしょりと汗で濡れていた。いまも、手のひらが汗で湿っている。

自分はこの先、こんなにも激しい、殺意すれすれの憎しみを抱えて生きていかねばならないのか。そう思うと、叫び出したいほどの絶望に包まれる。

江藤を罪に問える可能性はただひとつ、長期の出国歴がある場合だ。しかし、地方勤務の、それも司法担当の記者に、度々海外出張があったとは思えない。

でも、万一、出国期間の通算が五年九カ月と七日を超えていれば……。

ひかりは、呪うような気持ちで、それを願った。

電話で葦沢に話すと、憎々しく歪んだ声が返ってきた。

「そうだな。その場合は間違いなく、江藤は死刑だ」

言葉がはっと胸を衝いた。

死刑……。


十月十七日。午後十時過ぎ、携帯が鳴った。

葦沢からだ。

ＤＮＡ鑑定の結果が判明したのだ。

急に気圧が変化し、重い空気が躰を包んだ気がした。

ひかりは息を殺して、デスクの上の携帯を見つめた。脈拍が跳ね上がり、心臓が割れんばかりに拍動する。

ゆっくりと、通話ボタンを押し、携帯を耳に押し当てた。

「結果が出たよ」

葦沢の声がする。ひかりは無言で頷いた。

「江藤のおっさんと真犯人のＤＮＡは、一致しない」

「えっ？」

思わず訊き返した。

「DNAは一致しない。江藤巧は、真犯人じゃない」

葦沢が嚙んで含めるように繰り返した。

違う……。

そんな……。

膝から力が抜けて、その場にしゃがみ込みそうだった。

「おっさんには黙ってろよ。ったくもう、わりぃことしちまったぜ」

葦沢がうれしそうに笑った。

「よかった……」

辛うじてひかりも答えた。

へなへなと、よろめくようにベッドの端に腰を下ろした。

正直、安堵とも落胆ともつかぬ気持ちが、ない交ぜになっている。

あれほどに条件が揃って見えた江藤巧は、違った。

では、一体、真犯人は？

捜査は振り出しに戻ってしまった。

「まあ、なんというか、山に取り憑かれちまったんだなあ……」

江藤がわずかに遠い目をして言った。

「ほお……」

葦沢がいそいそと江藤のコップにビールを注ぐ。

いつもの、店内に提灯がぶら下がる居酒屋で、ひかりたちは江藤を囲んでいる。二人にってはお詫びの会だ。が、当の江藤は、よもや自分が疑われ、唾液の染みた吸殻がDNA鑑定にかけられたことなど、微塵も知らない。

「山にいると、下界のことなんざどうでもよくなっちまうんだ。卒論とか就職とか、小さなことに思えてさ」

「で、八年も大学に？」

「そう。四年も留年したんじゃ、まともな就職の口もなくて、仕方なく年齢制限のない東日に潜り込んだってわけさ」

「でもまあ、よかったじゃないすか、新聞協会賞とれて」

「ふん」

江藤がシラケた顔で笑った。「どーでもいいさ、あんなもん。喜んでるのは会社だけだ」

ひかりはチラリと横の葦沢を睨んだ。ブンヤはみんな功名心の塊じゃなかったっけ？

やはり、真犯人が東日に手紙を送ったのは、これまでの報道を犯人なりに評価したからだろう。

「でも、ひかりちゃん。あの記事、あなたのためにはよかったと俺は思ってる。灰色の無罪をまっ白に変えたからね」

「はい。そう思います。ありがとうございました」

江藤がマジな眼差しを向けた。

「しかし、問題は真犯人だよなあ」

「ええ……」

「そう言えば――」

江藤が長い顎を撫でながら、ひょいと葦沢を見た。「いま思い出したんだが、北大の山岳同好会を調べてるって話、山男は同好会だけじゃねえぞ」

「へ？」

「俺らは趣味で山に入ってたんだが、研究で山に行ってた連中もいるんだ」

「というと？」

葦沢がビールを注ぐ手を止めた。

「北大は、俺のいた文学部なんてカスでさ、農学部とか理学部がデカいんだ。中でも地質とか鉱物とか地震とか、そういう研究が盛んだ。いまはまとめて地球惑星科学科って言うんだが」

「うん」

「で、昔、地質学系の連中が『連山会』っていう山岳会を作ってた。研究のために登攀《とうはん》訓練する会だ」

「連山会……」

「うーん」江藤が腕を組んで、長身を傾けた。「確か、社の資料室に、連山会の古い名簿があったような……」

「だったら、見せて下さいよ」

葦沢が止めていたビール瓶を持ち上げ、江藤のコップに盛大に注いだ。

「連山会」の名簿は、翌日、江藤が森田事務所に持参した。

紺色の布クロスの上製本で、厚さが一〇センチ近くある大冊だ。「連山会」は当時、相当大きな組織だったのだろう。見開きに記された沿革によると、昭和四十五年（一九七〇年）に発足し、平成十七年（二〇〇五年）に解散している。

葦沢と二人で、一九八九年前後の在籍者の項を広げた。

一ページに二列、五十人以上の会員名が並んでいる。一年生から四年生、院生、助手、講師、助教授……。名前の横に学科、年次が添えてある。

名簿を追っていたひかりの目が、一番下の列で止まった。

「……これ」

不可解な思いに首を傾げて、小さく葦沢に声をかけた。

「ふん?」

葦沢が、ひかりの指先のラインを覗き込む。

「へっ、何だ、これ?」

二人は顔を見合わせた。

※

ささやかにライトアップされたプラチナ色の十字架が、ぼんやりと夜空に浮かんでいる。

赤い尖塔が薄闇の中で黒ずんで見える。

ひかりはひとり、「カトリック桑園教会」に至るなだらかな坂道を上っている。

吐く息が白く流れる。十一月に入ると、札幌の冷え込みは厳しく、今夜も空気はピンと張って、いまにも雪が舞いそうだ。

左手でコートの襟を合わせた。右手には紙袋を提げている。東京土産の和菓子の箱と古びた聖書が入っている。

江藤への疑惑が解消し、新たな真犯人が浮上してから、三週間が経つ。この間、一心に考え続けてきた。

わたしは真犯人を突き止めて、それから一体、どうしたいというのだろう？

それは、「江藤は死刑だ」という、葦沢の言葉を聞いた時に感じた、はっと胸を衝く思いと重なる。

求めるものは死刑なのか？

父を奪った刑罰なのか？

教会の照明を浴びて、路面が銀色に光っている。

坂道の端の手すりに触れた。手袋を通して鉄の感触が伝わってくる。その冷たさに、凍てつく拘置所を思い出す。

最後の面会で見た父の姿。

刑務官に引かれるように去っていく、丸まった背中。無念がいっぱいに詰まったその背中。

ひかりには、父について、どうしても知りたいことがある。

どうしても……。

教会の扉が目前に迫った。立ち止まり、建物を見上げた。

尖塔の先で、十字架が鈍く光っている。

教会の玄関には、足踏み式オルガンの鄙びた音色が流れていた。

カトリック聖歌六五七番。

いつくしみ深き　友なるイエスは
罪とが憂いを　取り去りたもう

その、あまりにも優しい旋律。

この時刻の訪問は、今朝、電話で立川に報せてある。

ひかりは礼拝堂の入り口に立って、鍵盤を叩く立川の背中を見つめた。

演奏はしばらく続き、五分ほどして、ようやく止んだ。

立川が、ゆっくりと振り返った。

「待っていました」

色の薄い目に、いつもと違う、硬い光が宿っている。

ひかりは無言で頷いた。

天道裁判長から蜷川裁判長に替わり、悔しくて立川を訪ねたのは、去年のちょうど今頃だった。

〈卑怯、ですね〉

珍しく感情を露わにした立川の声が、頭蓋の中で反響する。

立川はいつもの談話室には入らず、礼拝堂の長椅子にひかりを座らせ、自分は小さな木の椅子を持ち出して腰を下ろした。

神父の肩越しに、祭壇に掲げられたブロンズのイエス像が見える。

ひかりは、紙袋から和菓子の箱を取り出した。

「東京のお土産です。新宿通り沿いの和菓子屋さんの……」

差し出した平たい箱を受け取りながら、立川がちらりと包装に目を遣った。

「四谷に行ったんですね」

「ええ、上聖大学に。神学部の片岡先生にお目にかかりました」

「彼とは同級でした」

「立川先生のことをとても懐かしがって、いろんな話をしてくれました。炊き出しのボランティアで、地元のヤクザと喧嘩になった話、酔った片岡さんが教会の二階から飛び降りて、立川先生が介抱した話、その後、禁酒の誓いで互いの聖書に血判を押し合った話……」

「私のことがわかりましたか」

「はい」

ひかりは顔から微笑を消した。舌先が乾いていく感じがする。

「上聖大には、一九九二年、二十四歳で入学されていました」

「ええ。北大を中退した後ですから」

立川がすらりと言った。

「北大では、理学部地質学科に在籍されて、連山会にも入ってましたね。名簿に名前がありました」

「登山は研究のためでしたが、実は高校の頃から好きでね。駒ヶ岳、石狩岳、蝦夷富士なんかも縦走した。一五キロくらいのリュックを背負って」

「森田事務所の葦沢さんのアドバイスで、父が最後に書いた手紙を詳しく見ました」

「はい」

「《鈴子の愛人の件ですが、カラ》。手紙はそこで便箋のページが代わり、次は白紙でした。わたしは、書きかけて途中で止めたと思っていました。でも、違ったようです」

「……」

「白紙のページに、ごくごく薄く筆圧の痕がありました。専門家に鑑定してもらったら、辛うじて《山》という文字が読み取れました。父は次のページに続きの文を書いていた。多分、

《愛人は登山の趣味がある》、そんなことが書かれていたのでしょう。そのページを何者かが剝ぎ取った」

「……」

「ページを切り取ることができたのは、父が亡くなった翌日、わたしがここに来る前に、遺品が入った段ボール箱を開けることができた人物です。拘置所のスタッフを除けば、ひとりしかいません」

「その通りです。スナック『美鈴』に残したカラビナは、私のものです」

「……」

「今夜、あなたが来るのを待っていました」

「……」

「すべてをお話しする時が来たと」

「なぜっ！」

遮るように、鋭い叫びが迸った。

ひかりの頰が悲痛に歪んだ。すでに殺したつもりの感情が、煮えるように流れ出す。

「わたしがどんな気持ちでここに来たか、わかりますか？」

立川が何かに耐えるように目を閉じた。

「わたしは、何かの間違いであって欲しいと願っていました。確証を突きつけられても突きつけられても、心のどこかで否定し続けてきました。そんなはずはないと」

立川が苦しげに頷いた。

「なのに……」

目が潤み、涙がどっと溢れ出た。

「こんな……」

語尾がよじれるように消えた。

真犯人の姿が現れた時、ひかりはトイレに駆け込んで吐いた。胃液が尽きるまで吐き続けた。

立川がゆっくりと立ち上がり、数歩歩いて、祭壇のイエス像を見上げた。

「三十年前の夏、小樽の私設プールで小さな事故が起きました」

起伏を抑えた、静かな声だ。

ひかりはぎゅっと拳を握りしめた。

「小学校に上がったばかりの少女が、水の中で足を攣《つ》って溺れた。私の同級生がそのプールで監視員のアルバイトをしていた。けれど、たまたまその日は用事があって、私が一日だけバイトの代役を請け負っていた。私は少女を救助し、介抱して蘇生させた。母親はいたく感謝し、札幌の私の下宿を訪ねて、何くれとなく世話を焼くようになった。それが、私と鈴子の始まりだった――」


鈴子には、少しくずれた、強烈な色香があった。

二人きりになると、鈴子の全身から濃厚な雌の匂いが発散される。濡れた声が耳朶をくすぐり、真綿のような肉体が私を包む。赤々とした舌がねぶるように蠢き出し、官能の疼きが背筋を這い上がる。それは二十歳の男を虜にするに十分な魔力だった。狭い下宿で、餓《かっ》えたように互いの躰をむさぼり合った。

一年も経つと、鈴子は本性を顕し始めた。

頻繁に下宿に現れ、浪費癖からカネを無心する。断ると、眼が憑かれたように焦点を失い、大声で喚き殴りかかる。鈴子に渡すカネのために私は夜警などのバイトを始め、勉強にも行き詰まり、生活が荒んでいった。

何度も別れを考えた。あの日、ついに意を決してスナック「美鈴」へ向かった。鈴子は気配を察したのか、赤いミニのワンピースに着替え、嫣然《えんぜん》と笑い、脚を組んだ。

情事の後、鈴子は、娘の優子が水を怖がり、水泳教室に行きたがらないと言った。あんな事故があったのだ。私はやめさせればいいと答えた。鈴子は形相を一変させて激怒した。そんなささいなことで、突然ヒステリーを起こす。それが鈴子だった。

別れ話が口をつき、鈴子の感情が爆発した。逆上した鈴子は包丁を振り回す。必死にもぎ取った。はずみで鈴子の肘が切れ、鮮血が滴り落ちた。血を見た鈴子は、気がふれたように喚き出した。

「人殺し！」「人殺し！」「助けて、人殺し！」

はっとなった。見れば自分は包丁を握っている。包丁を床に投げ捨て、無我夢中で鈴子の口を手で塞いだ。

我に返った時、鈴子に意識はなく、腕を放すと躰がぐらりと床に崩れた。

呆然と立ち尽くした。

どれほど時間が経ったのか。背後で小さな声がした。

「ママ、ママ」

振り向くと、二階で寝ていたはずの優子が立っている。

見られた……。

その時、悪魔が私に取り憑いた。

優子を殺した後、鈴子の首を同じタオルで絞めた。息を吹き返すのを恐れたからだ。奇妙なほど冷静になっていた。空気の流れが止まり、息の音すらしない真空の中にいるようだった。タオルでソファーや床を拭き、包丁やグラスをリュックに詰め込み、「美鈴」を飛び出した。

途中、タクシーにぶつかったが、必死で逃げた。国道沿いに朝まで歩き通して、銭函の駅で電車に乗って札幌に帰った。

その日から、地獄が始まった。

瞼に優子の顔がチラつく。かっと見開いた両眼で、床を睨みつけていた鈴子の死に顔が現れる。

自分がしでかしたことのとてつもない重大さに、呆然となった。

お父さん、お母さん、僕は、僕は、人を殺しました……。

心臓から血しぶきが上がるようだった。

はっとしてテレビをつけると、ニュースの画面に「美鈴」が映し出されていた。多数の警官が動員され、警察犬までいた。

恐怖で躰ががんじがらめになった。

刑事が来る!

手錠をはめられ、連行される自分の姿が浮かんだ。

破滅する。

だが、破滅するのは自分だけじゃない。父も母も兄も……。

津波のように押し寄せる恐怖で、一秒も心休まる時はなかった。

居ても立っても居られず、親から借りたわずかなカネを持って日本を飛び出した。私は、とにかくどこかに逃げ出したかったのだ。


アジア、中東、ヨーロッパと、現地で肉体労働をしながら渡り歩いた。

どこも暑かった。むせ返るような暑熱とギラつく太陽の記憶しかない。

毎日、死ぬことばかりを考えた。

しかし、おかしな話だ。日本では年に何万人もの人たちが自殺するというのに、なぜか私は、どうしても死ねなかった。

フランスで、初めて修道院に寄宿した。そこには不思議な静謐が満ちていた。宗教なら、自分を安らかな死へと導いてくれるのではないか。ようやく、一筋の光が差した気がした。

耳を疑う事実を知ったのは、二年後に、帰国した直後だった。

三村孝雄という人が、私の代わりに逮捕されたという。

ひどく混乱した。何か大きな間違いが起きたのだ。

しかし、やがて私の中に、黒々とした喜びが満ちていった。

これはまさに僥倖《ぎょうこう》だ。死と破滅の恐怖から解放される。

ああ、生き直すチャンスが生まれたのだ！

神学を学び、この教会に、パーキンソン病が悪化した佐山徳一司祭を補佐する、助祭として赴任した。

神の意思なのか、それとも悪魔の悪戯なのか、しばらくして恐るべきことが起きた。佐山神父が、札幌拘置所の教誨師の職務を引き継ぐようにと言い出したのだ。

恐怖が全身を貫いた。

拘置所には、あの三村孝雄氏がいる。

会いたくない！　会ってはならない！

それまでただの符号に過ぎなかった名前が、人間の輪郭と匂いをもって生々しく迫ってきた。

断ったが、老神父はいつになく厳しい表情で強く命じた。

思えば、佐山師は、私の心に巣くう暗黒を、鋭く感じ取っていたのだろう。大罪を意識の底に押し込めている、罪人の気配のようなものを。そして、同じく大罪を背負った死刑囚と向き合うことで、私自身の救済の道を見出すことを、願ってくれていたのだろう。

二週に一度の、拘置所での三村氏との面談。それは、まさに業火に焼かれるような時間だった。

三村氏を前に、何度、その足下にひれ伏して、すべてを懺悔しようと思ったことか。だが、ダメだった。喉もとまで出かかった言葉が、押し戻されるように口中に留まり、どうしても真実の声が出なかった。ドス黒い保身の執着が、舌の動きを縛るのだ。

そして二年後、想像を絶する、真の地獄が待っていた。

二〇〇二年十二月三日。

拘置所から届いた通知に、打ちのめされた。そこには、三村氏の処刑が明日に決まったこと、執行に立ち会うため、午前八時までに拘置所に来るようにと記されていた。

恐怖の夜だった。

一晩中、祭壇の前にひれ伏して泣き続けた。三村氏の顔が大きく浮かぶ。私は最後の決断を迫られていた。死刑を止めるには、罪を告白する以外に道はない。だが、告白は、そのまま私自身の死を意味する。恐怖がもの凄い力で心を圧した。

刻々と時が過ぎる。

懺悔か？　沈黙か？

耳元で神と悪魔が交互に囁き続ける。

夜が明けても、朝の光は差さなかった。代わりに、風が吹き荒れ、礫《つぶて》のような大粒のみぞれが窓を叩いた。ついに私は悪魔の囁きに屈した。

刑場は異様な沈黙に覆われていた。

拘置所の幹部や検事たちとともに、私はロザリオを握りしめて立っていた。これから起きることを思い、膝がガクガクと慄えていた。

やがて、男たちの怒声と激しい靴音が響いた。

それらに交じって、三村氏の叫び声がはっきりと聞こえた。

「やめろ！　やめろ！　俺は無罪だああ！」

黒色の鉄扉が開き、目の前に、人の塊がなだれ込んで来た。

三村氏の躰の上に刑務官らが二重三重に重なり、顔がひしゃげるほど強く、床に押しつけられていた。それでも、彼は渾身の力で、叫び続けた。

「放せ！　放せっ！　俺は無実だっ。無実の俺を殺すのかっ！」

額に血管が浮き上がり、唇の端に血が滲んでいた。

それは凄まじいまでの生への執念だった。

激しく抵抗したのだろう、刑務官たちの帽子は取れ、制服のボタンがちぎれていた。

私は為す術もなく立ち尽くした。

引き立てられるように、三村氏の躰が起こされた。

その直後だ。

「先生！」

三村氏が私に向かって、いっぱいに首を伸ばした。

「立川先生！　何とかしてくれっ！　立川先生！」

助けを求める声だった。

「立川先生！」

三村氏の両眼からどっと涙が噴き出した。

ああぁ、私の口から呻きが上がり、無意識に躰が動いた。

すぐに脇にいた刑務官に肩を押さえ込まれた。

ひときわ高い絶叫が迸った。

「やめろ――っ！　俺は、無実だあぁーッ」

三村氏は両脇を抱えられ、吊られるように刑壇に運ばれた。

「やめろ！　やめろっ！」

ロープが首にかけられる。

「や・め・ろ――ッ！　俺は無実だあぁ――ッ！」

最期の叫びが、尾を引いて反響した。

ガタンッ！

窓を揺する轟音と同時に、三村氏の躰が視界から消えた。

まさに地獄だった。

気がつけば、私は失禁していた。

三村氏は、最期まで私を信じ、死に際に助けを求めた。

〈立川先生！　何とかしてくれっ！　立川先生！〉

思えばあの叫びこそが、最後の最後に放たれた、神の声だった——。


立川の言葉が途絶え、広々とした礼拝堂に、ひしめくような沈黙が降りた。

立川は、背を向けたまま、祭壇のイエス像を凝視している。

ひかりは、心が硬直したようだった。乾き切った涙が仮面のような顔に貼りついていた。

ひとつの光景だけが、ひかりの脳裏を流れていく。

組み伏せられ、それでも必死に無実を叫ぶ男の姿。

〈放せ！　放せっ！　俺は無実だっ。無実の俺を殺すのかっ！〉

その声が、耳に響くようだった。

父の最期はどうだったのか？

本当は、どうだったのか？

それが、どうしても知りたいことだった。

やはり……。

ひかりは拳に力を込めた。

やはり、父は戦っていた。

たったひとりで、最後まで。

戦ってくれたのだ。前年に母を失い、ひとり残ったわたしのために。

あの父が、最期の時に、わたしを思わなかったはずがない。

お父さん。

ありがとうね……。

やがて、月光が照らす窓ガラスの、ほのかな明るみの中に、はにかむような父の顔が現れた。

心の動脈に血が通い始め、乾いていた目の裏が再び潤んで、涙が一筋、ひかりの頰を伝った。

立川夏了が、ゆっくりと振り返った。

色の薄い眼球が、かすかに揺れているようだ。

ひかりは、刺すように見つめた。

父を殺した男。

母と自分を裏切り続けてきた男。

ひかりは紙袋から古びた聖書を取り出した。

「片岡先生が学生の頃使っていた聖書です。お借りしてきました。先ほど話した、先生たちお二人が血判を押したものです」

「……」

「血痕は古くてもDNA鑑定が可能です。明後日、その結果が出ます。そうなれば、警察が動きます」

ひかりは、息を止めて立川を見すえた。

立川の目許が、ふっと弛んだ。

「お察しの通りです。私は二度フランスに留学し、その前に二年間、海外を放浪している。合わせて六年と三カ月の出国期間です。法改正の適用を受け、私には時効はありません。しかし、それは――」

ひかりは黙って頷いた。

そう、問題ではない。時効など……。

立川の両眼が、ひたとひかりを捉えた。

「八月に、新聞社に告白の書簡を送った時、私は氏名を明かさなかった」

「……」

「理由は、ひかりさん、あなたの裁きを待ったからです。世間や司直に裁かれるのではなく、私は、あなたにこそ裁かれるべきだと」

色の薄い眼球が、異様なほどの光を放った。

ひかりはぐっと空気の塊を呑み下した。

寒くもないのに、肌がざあっと粟立った。

ひかりは、閉じた唇を引き裂くように口を開いた。

「立川先生。わたしには人を裁くことはできません。できるのは、神と――」

ひかりはそこで言葉を止めた。

沈黙が降り、やがて立川が噛みしめるように応じた。

「わかりました。いま、確かに伺いました。最も重い審判の声を……」

ひかりは何か言おうとした。だが、声が出なかった。

立川が再び背を向け、祭壇のイエス像を見上げた。

「ひかりさん。ありがとう。私は、感謝しなくてはなりません」

風もないのに、蠟燭の炎が揺れた。

「このままひとりにして下さい。私の顔を見ることなく、行って下さい。もうお目にかかることはありません。幸せにおなりなさい。きっと……」

ひかりは目を閉じた。

目を閉じても、瞼の奥に立川の後ろ姿が消えずに残った。

〈卑怯、ですね〉

一年前の立川の顔がよぎる。あれは、神父が自分自身に向けた言葉だった。おそらく、あの時、立川はすべてを決意したのだろう。

ひかりは静かに頭を下げた。そして身を翻し、礼拝堂をあとにした。

終章

立川夏了の死体は、翌朝、掃除に来た老婆によって発見された。

談話室の椅子に座り、猫脚のアンティークのテーブルに上体を伏せていた。テーブルにカップとソーサーが置かれ、呑み残した紅茶から劇薬の成分が検出された。

また、六通の遺書が、束ねた状態で置かれていた。遺書は、老母、教団の札幌教区長、信徒、野村鈴子の遺族、森田逸郎弁護士、そして警察に宛てたものだった。いずれの遺書にも一九八九年の小樽での母娘殺害事件の真相が綴られ、末尾にひとつの言葉が添えられていた。

「裁きは、私自身に委ねられました……」

※

海を背にして道道956号を山側に上っていくと、丘陵の中腹に、棚田のように造成された、小樽市の中央墓地が現れる。

墓地はかなりの高所にあって、南側に天狗山、東側に小樽港が一望できる。

高瀬洋平は、事務官の落合行夫とともに、小さな仏花の束を手に、墓所の坂道を上っている。森田弁護士の話では、三村夫妻の墓は、最上段の雑木林の際にある。

ひとりで来るつもりだったが、落合が是非自分も墓参したいと言い張り、一緒に来ることになった。

十一月の小樽にしては珍しい好天で、冷たく澄んだ空気の中で、明るい陽射しが跳ねている。

出がけにうっかり、滑り止めを付けていない革靴を履いてしまったので、薄氷の張る坂道で足が滑る。まるでこの事件で滑り続けた自分と検察のように。

息を切らしてようやく最上段にたどり着くと、せり出した灌木の陰に、隠れるように三村夫妻の墓石があった。

墓前にはまだ新しい花が供えられ、小さなフォトフレームが置かれている。

高瀬は、フレームの中の写真を見つめた。白つめ草の輪の中に、目を閉じた犬の顔が覗いている。三村家の愛犬だったのか。

墓前に花束を置き、線香に火をつけて、二人でしゃがんで合掌した。

「酷いことをしてしまいました」

落合が、瞑目したまま呟く。

高瀬は無言で頷いた。

夫婦の苦難は、この国の刑事裁判の機能不全がもたらした。司法は、罪と罰を求めて三村孝雄を法廷に立たせ、処刑した。その誤りを、その自らの罪と罰を、司法はどう償うというのだろう。

「検事さん？」

不意に背後で声がした。振り向くと、ベージュのハーフコートをはおり、花束を抱えた女が立っている。

三村ひかりだ。

落合が弾けるように立ち上がり、会釈した。

高瀬も躰を起こした。

「すみません、無断で。転勤が決まったので、最後にご両親にご挨拶をと思いまして」

「転勤って、どちらへ？」

ひかりが驚いて目を見開いた。

「来月一日付で、青森に行きます。北国でよかった。暑い所が苦手なもんで」

ひかりがかすかに笑った。

「私は、煙草を」

落合が気を利かせ、背を向けてスタスタと坂を下りた。

ひかりは墓前で合掌した後、犬のフォトフレームをバッグにしまった。

「愛犬ですか？」

ひかりがはにかむように答えた。

「チロといいます。父が可愛がってましたから。でも、そろそろ雪になるから引き揚げないと。『美鈴』で事件があった日、チロが死んだんです」

「……」

「トラックに轢かれて、バラバラでした。たまたまその日は、母が親戚の家に出かけて、従業員も朝里に仕事に出ていたから、家には父だけがいました。父はチロの躰を拾い集めて、お葬式をしてあげようって言いました」

「……」

「木箱にチロと花を詰めて、線香を焚きました。父は、一旦、外出しましたが、すぐに戻って、それからずっと、泣きじゃくるわたしのそばにいた。だから、父が犯人のはずがないんです」

以前、バー「灯」で、ひかりが「特別な日」と言っていたのを思い出した。

「最後に、少し、お話をいいですか？」

高瀬は小声で尋ねた。

ひかりが笑いながら、そばの石段を目で指した。

並んで座ると、眼下に紺色の小樽の海が広がっている。

「立川夏了の遺書は、翌日の新聞で読みました。実に衝撃的な内容だった」

ひかりが、海に目を遣ったまま頷いた。

「あの後、立川の件の処理は、たまたま私が担当しました。といっても、DNA鑑定で告白が事実と確認されたので、被疑者死亡の不起訴手続きをしただけですが」

「そうですか……」

「立川が自殺する前日、あなたは教会を訪ねていますね。東京のお土産を持って」

ひかりの顔が強張った。

「ちょっと調べたんですが、東都大の本間教授に、DNAの鑑定を依頼していましたね。警察はもちろん、森田弁護士にさえ内緒で」

「……」

「ということは、立川を訪ねた時、すでにあなたは、彼を強く疑っていた。立川と接触せず、

DNA鑑定の結果を待って警察に通報すれば、彼を逮捕できた」

「……」

高瀬は、ひかりの横顔をひたと見つめた。

「前日に立川を訪ねた目的は、何ですか？」

長い沈黙の後に、ひかりがゆっくりと顔を向けた。

「自首を促しに行きました。それが目的でした」

「自首を？」

「はい」

ひかりがすぐに視線を逸らし、再び遠い目で海を見つめた。

雲ひとつない青空を、トンビが一羽、大きな弧を描いて悠然と舞っている。

濃紺の海が、冬の陽射しを浴びて輝いている。

不意に、ひかりが高々と右腕を挙げた。

見れば、墓地の下方を、モスグリーンの軽自動車が上ってくる。

車は道幅が狭くなる手前で止まり、中からずんぐりした男が降りてきた。

男が賑やかに手を振る。

ひかりも笑って手を振り返した。

あいつ……。

高瀬は口許を弛めた。

ひかりが立ち上がった。

「じゃ、失礼します。青森で頑張って下さい」

「ええ。あなたも、お元気で」

ひかりが小走りに墓地の坂を下りていく。葦沢が軽く肩を抱き、二人は車に乗り込んだ。

高瀬は、また、ゆっくりと抜けるような青空を見上げた。

さっきのトンビか、一羽の鳥が視界を真横に飛翔した。

三村ひかりは、ウソをついたと思う。

自首を促しに教会に行ったのではない。

裁きを——。

そう、裁きを下しに行ったのではないか。

視線を移せば、ひかりを乗せた軽自動車が、はるか下方の山道を下っていく。

高瀬は目で追った。

車は広い通りに入り、やがて、他車に紛れて姿を消した。

＊取材協力
清水潔氏　ジャーナリスト
笹森学氏　弁護士（札幌弁護士会）
小笠原淳氏　ジャーナリスト（札幌市在住）

＊主な参考文献
『殺人犯はそこにいる』清水潔（新潮文庫）
『加害者家族』鈴木伸元（幻冬舎新書）
『再審無罪』読売新聞社会部（中公文庫）
『検事失格』市川寛（毎日新聞社）
『教誨師』堀川恵子（講談社）
『死刑のすべて』坂本敏夫（文春文庫）
『検察の大罪』三井環（講談社）

解説

岡崎武志

1

私は本書が書き下ろしで二〇一七年に刊行された際、一度短い書評を「サンデー毎日」に書いている。濃密かつ緊迫したストーリーに心を深く動かされたのだ。しかし、わずか四百字ほどの原稿で、充分に意を尽くしたわけではなかった。作品の大きさに対し、声は小さくて申しわけない気がしていたのだ。

今回、解説を仰せつかって、改めて再読したが、初回に増して心を揺さぶられた。結末は分かっている。ただ、筋の運びや人物の設定が頭に入っている分、伏線の巧みさやディテールを注意深く読むことになり、味わいは増したのである。割合早い段階で、真犯人が誰かを匂わされているのも、再読で気づいた。読書には再読の楽しみがあり、再読できない小説なら、最初っから読んでも仕方がないのである。

『潔白』は本当に恐ろしい小説だ。それは稲川淳二による怪談話の比ではない。フィクションだと承知しつつ、私は心の底より震撼したし、もし我が身に……と考えた時、その夜、夢に出てきそうだった。つまり、無実であるのに罪に陥れられ、死刑台に上るということである。

本書は「冤罪」をテーマとする。同じテーマを扱った有名な小説に、松本清張「霧の旗」、S・キング「刑務所のリタ・ヘイワース」（「ショーシャンクの空に」というタイトルで映画化）などが思い浮かぶが、前者の被疑者は獄死だし、後者は脱獄して生き延びる。『潔白』を読んで胸がつぶれる思いになるのは、死刑囚・三村孝雄の場合、刑が執行されこの世にいない、ということである。しかも、逮捕から十二年弱、一貫して無実を訴え、熱心に再審請求の準備を進めていながら顧みられず、闇に葬られた。

最高裁判決が下ってたった二年での執行、というのも異例というより異様なことであった。三村が絶叫し、抗いながら死刑台に向かうまでの冒頭シーンは、呼吸を忘れるほどの迫真で、小説世界に引きずり込まれる。

人の死をエンターテインメント扱いするのは不謹慎かも知れないが、我を忘れて登場人物に同調し、物語の渦に巻き込まれて夢中になるという点で、『潔白』は一級のエンターテイメントなのである。

2

殺人事件は一九八九年七月、小樽で起きた。スナック経営者の野村鈴子三十三歳と、その娘・優子八歳が、タオルのようなもので絞殺された。一年八ヶ月後、同市内工務店経営者の三村孝雄、当時四十一歳が逮捕された。同夜に店の前で三村の車を目撃した証言者が現れ、何より決定的だったのが、当日性交した鈴子の膣内に残された精液だった。DNA鑑定法「MCT118」により、精液が三村のものと専門家により確定され、事実、三村と鈴子は肉体関係があった。これだけ並べられた時点で、もう逃れようがない。誰が見ても三村はクロである。タイトルの『潔白』とはほど遠い。まっ黒がまっ白に裏返ることがあるのか。

それにしても、最高裁判決から二年での執行という早さが気にかかる。「通常、判決から執行までは十年以上の期間がある」とされている。しかも三村は再審を請求していた。そして、本当の物語はここから始まるのだ。十五年後の札幌。地検公判部検事の高瀬洋平四十二歳が担当を命ぜられたのは、驚愕の事案であった。「三村事件、再審請求へ」との新聞報道があり、担当弁護士は冤罪を多く扱ってきたベテラン森田逸郎。森田は、事件当日に現場付近から走り去った若い男の目撃証言と、さらに「爆弾」を隠し持っているという。

再審請求審を扱うことになった高瀬だったが、彼には振り払っても消えない、苦渋の過去があった。五年前、名古屋地検時代、大物国会議員による汚職事件が発生し、証拠を握ると思われる議員秘書を、高瀬は責めあげた。秘書は自殺、のちシロだったと分かる。秘書の妻が泣き叫ぶ声が、以来耳を離れないのだった。

黒い濁流が決壊した川から勢いよく道路になだれ込むように、ここまで一気呵成《かせい》のストーリー展開だ。気がついたら、もう全体の四分の一が終わっている。『尖閣ゲーム』に続く二作目とは思えない。著者は読者の乗せ方を熟知している。手綱を緩めず、読者の興味の尻を叩き続け、そしていよいよヒロインの登場だ。

3

三村孝雄の遺族、娘の三村ひかりは父親の死刑執行から十五年、「人生を投げ出してオヤジの冤罪晴らしにのめり込む女」だった。再審阻止の特命を背負った高瀬検事が、彼女を訪ねていく。ひかりは独身、三十五歳。故郷の小樽の港町でバー「灯」の雇われママをしていた。バーのドアが開き、現れたひかりは、以下のように描写される。

長い茶髪、細身で上背がある。「サラサラした前髪の下の黒々とした瞳。すっぴんに近い薄化粧だが、三十五歳という年齢より若く見える」。そして「鼻筋の通った横顔。伏せた睫毛が長い。細い手首と、襟もとから覗く肌の白さが目を灼いた」。「いい女」なのである。ドラマ化、映画化された時、この役をやれるとしたら満島ひかりであろうか。黒いカウンターにロシア語の文字、天井まで届く棚には古いレコードがびっしり並んでいる。かかる曲は映画「カサブランカ」のテーマ曲「アズ・タイム・ゴーズ・バイ」。

ここは初読みの時にも印象に残ったが、やっぱりいいシーンだ。ひかりと高瀬、いわば敵同士の対面だが、著者は敬意を表し、最高にムーディーな舞台を用意する。裁判に通いつめたひかりは、高瀬の正体をひと目で見抜いていた。困難な再審に賭ける理由を聞かれてひかりは答える。事件の夜、当時小学生だったひかりは、父親とずっと部屋に二人きりでいた。完璧なアリバイだったが、子供の証言だと取り合ってもらえなかった。しかも、その日は「特別な日」だった。父親が殺人を犯すなどありえない。だから、真犯人はほかにいると確信していた。

ひかりの揺るがぬ確信の前に立ちはだかるのは、「死刑執行済みの事件の再審」に前例がないこと。そして、司法、警察庁、最高裁により総がかりで再審つぶしをするために拒む厚い壁であった。個人が対するのは国家権力。これほど難攻不落で頑丈な壁はないのだ。いわば必敗が約束されたひかりの戦いは、孤立無援による桃太郎の鬼退治に似ている。しかし、桃太郎に味方がいたように、冤罪弁護士の森田、フリーライターの調査員・葦沢、東日新聞報道部の江藤が最難関のミッションに加勢する。つまりミッション・インポッシブルだ。果たして、厚い壁は崩されるのか？

4

『潔白』は小説だが、捜査の手順、裁判の仕組み、冤罪の実例など「事実」を分かりやすく読者に伝えている。再審を阻む絶対的証拠とも言える「ＭＣＴ１１８」（ＤＮＡ鑑定）が「絶対」ではないことも本書で明らかになる。人間が関わるところに「絶対」はないと知るのだ。だから「ＭＣＴ１１８」について「日本以外でアレを導入した国はない」と、鑑定にあたった元科警研の研究員が語る。一般人に知りようもないことだ。

不確かな証拠、メンツにこだわり再審を嫌う司法と、無実が人為的にクロで塗りつぶされていく過程を、本書でまざまざと知ることになる。絶体絶命の崖っぷちに立ったひかり。三村事件からはずれた高瀬検事が、バー「灯」を再び訪ねる。そこでひかりが言い放つ言葉が重い。

「この国は、父を二度殺したわ」

国が殺人者であることを告発したという点で、『潔白』は数多い裁判ミステリの中で屹立《きつりつ》している。驚愕の結末まで、この強いビートの重低音が小説の底で鳴り続いて腹に響く。同時に「死刑制度」そのものにも作品を通じて疑義を訴えている。

二〇一八年七月、オウム真理教事件で教団の元代表・麻原彰晃および教団員十二名が、立て続けに死刑に処された。強制捜査から二十三年余りを経て、あわただしい裁断であった。死刑は花火ではない。何らかの国家の意志が働いたと思わざるをえない。「朝日新聞」（二〇一〇年四月三日）の記事に「アムネスティによると現在、死刑制度があるのは日本、米国（一部の州）など58の国と地域。死刑を廃止しているのは、長く執行がない事実上の廃止を含め、欧州各国や韓国など計１３９の国と地域。０９年には少なくとも計18カ国で７１４人に死刑が執行された」と報告されていた。この「７１４人」の中に、まさか三村孝雄と同じ例がなかったかどうか。それは処刑された本人以外誰にも分からない。

――書評家

この作品は二〇一七年七月小社より刊行されたものです。

●最新刊
悪魔を憐れむ
西澤保彦

老教師の自殺の謎を匠千暁が追い、真犯人から〈悪魔の口上〉を引き出す表題作と「無間呪縛」「意匠の切断」「死は天秤にかけられて」の珠玉の本格ミステリ四篇を収録。読み応えたっぷりの連作集。

●最新刊
捌き屋　天地六
浜田文人

鶴谷康の新たな仕事はカジノ（ＩＲ）誘致事業への参画を取り消された会社の権利回復。政官財と裏社会の利権が複雑に絡み合うその交渉は、想像を絶する事態を招く……。人気シリーズ最新作！

●最新刊
君は空のかなた
葉山　透

新人編集者の雛子は、宇宙オタクの高校生・竜胆君に取材をすることに。並外れた頭脳と端整な容姿を持ちながら、極度の人間嫌いの彼は、引きこもりながら〝あの人〟との再会を待ち望んでいた。

●最新刊
錨を上げよ〈一〉出航篇
百田尚樹

空襲の跡が残る大阪の下町に生まれた作田又三。不良仲間と喧嘩ばかりしていたある日、単車に乗って当てのない旅に出る。激動の昭和を駆け抜ける、著者初の自伝的ピカレスクロマン。

●最新刊
錨を上げよ〈二〉座礁篇
百田尚樹

高校を卒業して中堅スーパーに就職するも、失恋を機にたった三ヵ月で退職した又三。一念発起して大学受験を決意するが――。恋多きトラブルメーカー・作田又三の流転の人生が加速する。

潔白《けっぱく》

青木俊《あおきしゅん》

令和元年10月10日　初版発行

発行人――石原正康
編集人――高部真人
発行所――株式会社幻冬舎
〒151-0051東京都渋谷区千駄ヶ谷4-9-7
電話　03(5411)6222(営業)
　　　03(5411)6211(編集)
振替00120-8-767643

印刷・製本―中央精版印刷株式会社
装丁者――高橋雅之

幻冬舎文庫

ISBN978-4-344-42900-0　C0193　　あ-69-2

幻冬舎ホームページアドレス　https://www.gentosha.co.jp/
この本に関するご意見・ご感想をメールでお寄せいただく場合は、
comment@gentosha.co.jpまで。